JN240386

卒業

Graduation

桜舞う春に、また君と

汐見夏衛
丸井とまと
河野美姫
水葉直人

卒業

桜舞う春に、また君と

Contents

装画
ふすい

装幀
長崎 綾
(next door design)

桜の花びらを君に

丸井とまと
Tomato Marui

第5回野いちご大賞・大賞を受賞し、出版された人気作『青春ゲシュタルト崩壊』は映画化。その他、『さよなら、灰色の世界』（いずれもスターツ出版刊）などヒット作多数。

淡く色づいた桜が散り、緑が深まる頃。高校最後の体育祭は晴天に恵まれた。赤や黄色、緑など各々のクラスカラーを主張するハチマキを身につけた生徒たちが横切っていく。楽しそうな声が響きわたる昇降口を抜けて校庭に出たときだった。

「あのさ」

喧騒《けんそう》の中、澄んだ声が耳に届く。声の主が誰なのか察しがつき、顔が強張《こわば》る。おずおずと振り返れば神妙な面持ちの彼がいた。体育祭前日にギリギリ仕上げた赤色のハチマキをぎゅっと握りしめて、逃げ出したい気持ちを必死に堪《こた》える。

「体育祭が終わったら……話があるんだけど」

弱々しく頷《うなず》くと、彼は気まずそうに視線を逸《そ》らして生徒たちが集まる方へと足を進めていく。その背中を私は見送ることしかできなかった。

この日、彼は私になんて言おうとしていたのだろう。

聞けないまま時が過ぎ、季節は次の春を連れてきた。

昼休みの教室は普段なら仲のいい人たちで自由に談笑をしているけれど、今日はちがっていた。真ん中の席にみんなが集まって、アルバムを捲《めく》っていく。

一ページずつ可愛《かわい》らしい手書きの文字やシール、写真などでデコレーションされていて、楽しそうなページばかりだった。けれど、それを見ているクラスメイトたちは難しそうな表情をしている。

「もー、ぜんぜん終わってないじゃん！」

采花《さいか》が作業の遅さに嘆くと、ルーズリーフに足りないページを一覧にしていく。まだ仕上がっていないのは、四月から八月だった。

間に合うのかなと誰かが言い出すと、場の雰囲気が一気に重たくなる。

「で、でも、まだ一週間あるから大丈夫だよ！」

なんの力にもなれていない私がフォローをしたところで意味なんてないとわかっているけれど、口を出さずにはいられなかった。

すでに完成している表紙ページには『卒業アルバム』の文字。これは生徒用のものではなく、生徒たちから担任の先生に贈るたったひとつの手作りの卒業アルバムだ。月ごとに写真や文字で思い出を振り返り、最後には先生への感謝のメッセージを綴《つづ》る。そんなオリジナルの卒業アルバムをクラスのみんなでこっそりと作成している。

けれど、もう時間がない。あっという間に三月になり、来週には卒業式を迎えてしまう。

あと一週間で抜けている四月から八月分をどう形にするかの話し合いをしていると、最近では恒例となりつつある男子と女子での言い争いが始まった。

「だいたいさー、ここって男子のページじゃん。女子のページはほとんど完成してるのに」

「お前らが字下手とか言うから、最初からやりなおすはめになってんだろ」

「だって本当に暗号かってくらい下手だったし。せめて読める字で書いてよ」

苛《いら》立った様子で采花が指摘すると、瀬川《せがわ》くんが「はいはい」と苦笑した。

そのやりとりを不安げに見守っている人が多いけれど、私はすこしだけ嬉しかった。喧嘩《けんか》だったとしても、目も合わせず、まったく話さなくなった頃よりかはずっとよかった。

「じゃあ、女子が文字書いて、男子が写真を選定するってのはどう?」

横から聞こえてきた提案に、賛成だと私は頷く。これなら同じような揉《も》め事を防ぐことができそうだ。

早速、手の空いている人たちで担当するページを割り振っていく。放課後も作業をしないといけないけれど、それでも協力し合うことで、なんとか間に合いそうだった。

先ほどまでピリピリとしていた空気も柔らかくなり、同じページのメンバーが集まってどんな風にするのかと話し合いが始まった。

「五月かぁ。鯉《こい》のぼりの絵でも描く?」

「鯉のぼり以外ってなにかあったっけ。……新緑、とか?」

「あとはゴールデンウィークくらいしか思い浮かばないな」

采花と未来《みらい》ちゃんがなにを描くか決めていると、写真を選んでいた麻野《まの》くんが大きな声を上げた。

「五月といえば、体育祭があったじゃん！　これメインにしよう」

動きを止めたのは私だけではなかった。

采花も瀬川くんも表情を消して、なにも言わなかった。

それは私たちの中であまり触れられたくないこと。触れられるのが怖かったことだ。

「なつかしー。俺らのクラス優勝だったよな！　采花がリレーで大活躍してさー」

机の上にならべられた体育祭の写真に視線を落とすと、ピースサインをしてクラスメイトと写っている私を発見した。苦い思い出に胸が締めつけられる。

采花とも瀬川くんとも写真を撮っていない。あの頃の私たちはいつもいっしょにいたのに体育祭の日だけは、みんなで笑いあうことはなかった。

「あ、でも……」

麻野くんの表情が次第に曇っていく。きっと彼もあることを思い出してしまったのだろう。采花と瀬川くんを交互に見て、しまったという顔で口を噤《つぐ》んでしまった。

「飲み物買ってくるね！」

重たい空気が流れる場には、不釣合いなくらい明るい声だった。

采花が立ち上がると、いっしょに作業をしていた未来ちゃんもあとを追うように教室から出て行く。瀬川くんのことも気になったけれど、采花のことが放っておけなくて私も追いかけることにした。

階段を下っていくふたりの後ろ姿を見つけて、小走りで駆け寄る。「大丈夫？」と未来ちゃんに声をかけられた采花はぎこちなく微笑《ほほえ》んだ。

采花はうそが下手だ。隠そうとしても、顔に出てしまっている。

「ちょっと気分転換したいなって思っただけだよ。心配かけてごめんね」

未来ちゃんも私も、采花が動揺してあの場から抜け出したのはわかっていた。

ずっと蓋をしてきた過去と向き合って、手放さなければいけないときが近づいてきている。

それでも開かないようにとかたく締めていた蓋を開けるのは容易ではない。

他の誰かには触れられたくない。だけど、私はあの日々を綺麗《きれい》なものだけ集めて飾り付けたいわけじゃない。後悔も焦《こ》がれた醜さも、すべて含めて大事な日々だったと思いたい。

「あの頃さ、采花と瀬川って付き合ってるのかと思ってた」

自動販売機の前に着くと、未来ちゃんはポケットから取り出した百円玉を弄びながらラインナップを吟味していた。

その横で采花は訝《いぶか》しげに眉《まゆ》を寄せて、口をへの字に曲げる。

「私と瀬川が？」

「仲よかったじゃん。幼なじみだっけ」

「ちがうよ。中学からの付き合いなだけだし、ただの腐れ縁」

采花と瀬川くんは中学からの同級生だ。高一で私が采花と仲よくなり、高二のときに三人で同じクラスになってからいっしょにいるようになった。

明るくて周りの人たちを楽しませるのが得意な采花と、好奇心旺盛で話し上手な瀬川くん。そんなふたりの間には口下手で要領の悪い私がいた。

昼休みは基本的に室内にいた私を、ふたりは外へとよく連れ出した。借りてきたバスケットボールでシュートやドリブルの練習をしているだけなのに、なぜか笑いが絶えなくて、外で遊ぶ楽しさを教えてくれたんだ。

いつだってふたりは私の腕を引いて、明るい方へと引っ張ってくれた。

でも……もう三人でいることはなくなった。

「お似合いだったと思うけどなぁ」

未来ちゃんの言う通り、ふたりはお似合いだと噂《うわさ》されていたほどだった。あのことがなければ、ふたりは今頃付き合っていたかもしれない。

「ないない。お似合いなのは私じゃないでしょ」

「まあ、悠理《ゆうり》か采花のどっちかと瀬川が付き合ってるんじゃないかってみんな思ってたんじゃない？」

　私の名前を出されて、思わず背筋が伸びる。周りから見たら、私たち三人の中の誰かが付き合っているように見えていたのかと、なんとも言えない気持ちになった。

「私は……」

　言葉の続きが出てこない。

　采花の気持ち。瀬川くんの気持ち。私の気持ち。全部が綺麗に纏《まと》まるはずがなくて、私たちは変わらない関係ではいられなかった。

　未来ちゃんがサイダーを購入すると、采花はそれを見つめながら百円玉を握りしめた。

「采花？」

「……トイレ行ってくるから、先に戻ってて」

　采花の様子がいつもとちがうのは未来ちゃんもわかっているようで、なにか言いたそうに開きかけた口を躊躇《ためら》うように閉じて頷いた。

　私は未来ちゃんと教室に戻るか、采花と行くか迷ったけれど、采花のことがどうしても気になって追っていく。

　元来た道とは逆方向へと足を進めていった采花がトイレの前を通り過ぎて、音楽室に入っていくのが見えた。

中に入ると部屋の電気はついていなかった。それでも、日差しのおかげで充分すぎるくらい明るい。

采花の姿がどこにも見当たらず、室内をくまなく探してみると、窓際の端っこでなにかが動いたのがわかった。よく見ると、俯いて両膝《ひざ》を抱えながら座っている女子生徒を見つけた。

「……采花？」

普段の采花からは想像がつかないくらい、弱々しく肩を震わせている。

「私……どうしたらよかった？」

掠《かす》れて消えそうなくらい小さな声だった。もうすぐ一年が経《た》つけれど、采花はいまだに苦しんでいる。

かける言葉が見つからなくて、私は采花の隣に座ることしかできなかった。

采花が強くないことを、私は知っている。気が強くて、よく笑う采花を悩みがなさそうなんて失礼なことを言う男子もいたけれど、落ちこむことがあるとなかなか立ちなおれなくて脆《もろ》い部分を持っている。

そんな采花を私は支えていたつもりだったのに、なにもできていなかった。采花の苦しみをどうしたら軽くすることができるのだろう。

自分の手を見つめながら、下唇を噛《か》み締める。

采花のために今の私ができることはあるのだろうか。

＊＊＊

采花と仲よくなったきっかけは、高校一年生の四月に私が教科書を忘れてしまったことからだった。

積極的に話しかけるのが苦手な私は、入学して二週間が経っても周りと打ち解けていなかった。輪を作って楽しそうにしている人たちに気後れして、隣の席の子に教科書を見せてとお願いすることすら躊躇う。

頭の中でぐるぐると思い悩んでいると先生が来てしまい、授業開始の号令をする。内心かなり焦りながら、教科書なしでいこうかと考えていると肘《ひじ》になにかが当たった。隣を見ると、肩にかかるくらいの髪の長さの女子がシャーペンの頭の方で私の肘を突《つつ》いていた。

「教科書ないの？」

先生に聞こえないように配慮してくれたのか小さな声で話しかけてくれた。

私は初めて会話をする相手に緊張しながらも頷く。すると彼女は机をくっつけて、真ん中に教科書を置いた。「ありがとう」と伝えると、「どういたしまして」と人懐っこい笑顔で返してくれた。

「ね、これ見て。先生の似顔絵」

「……似てる」

「やっぱ？　私絵の才能あるかも」

彼女は授業中にこっそりと教科書に落書きをして、私に見せてくる。声を出さないように必死に堪えながら私たちは笑いあった。無邪気で明るくて、優しい。

そんな彼女──采花が高校生活で最初にできた友達だった。

采花はクラスの中心的存在だった。人前で話すことが得意で、行事ごとでは率先してみんなを引っ張ってくれる。先生からも頼りにされて、クラスメイトたちも盛り上げ上手な采花に惹《ひ》かれて集まっていく。

運動神経もよくて走ることが得意。バスケ部では一年生の中で次のレギュラー確実と言われるくらいの実力だったそう。次第に采花は先輩たちとも交流の幅を広げていって、上級生からもよく声をかけられていた。

人と接するのが苦手で言葉数が少ない私とは対照的。眩《まぶ》しくて憧れる女の子だった。

それでも采花は私のところによく来てくれた。

休み時間や部活のない放課後、とくに面白味もない私といたいと言ってくれる。それが不思議だった。周囲の人たちも私たちがいっしょにいることを疑問に思っていたみたいで、昔からの知り合いなのかと聞かれたこともあるくらいだ。

六月に入ったある日、ふたりで夕暮れに染まる道を歩いていると、自動販売機の前で采花が立ち止まった。

「そういえば私たちちって誕生日過ぎちゃったよね」

私も采花も四月のはじめに誕生日を迎えていたので、仲よくなった頃には過ぎてしまっていたのだ。今度お祝いをしようと話していたけれど、実現しないまま初夏になっていた。

「ね、お互いのイメージに合った飲み物選んでプレゼントってのはどう?」

「それ楽しそう」

「よし、じゃー、なにがいいかなぁ」

ならんでいる飲み物をじっくりと眺めながら、采花に合ったものを考える。そして購入したものを見えないようにして、「せーの」で渡しあう。

お互いに渡されたものを見て、目を丸くした。

「え」

「うそ」

手に握られているペットボトルの中身は透明なサイダー。

正反対な私たちはなぜかお互いにイメージした飲み物が同じだった。

「こんなことあるんだ！　びっくりしたー！」

「采花は明るくて元気いっぱいで、しゅわしゅわした炭酸ってイメージがあったから……」

透明なサイダーが、采花にはぴったりだと思った。けれど、私にサイダーというイメージはない気がして、どうして采花が選んでくれたのかわからなかった。

「悠理はこれが似合うなぁって思ったんだよね。透明感があって、清楚《せいそ》な感じ。でも話してみると案外はっきりとモノを言うところが刺激的というかさ」

私たちは、誰がどう見ても似ている部分なんてほとんどない。それでもお互いのことをイメージすると同じものを選ぶ。不思議だけど、それが嬉しかった。

「私たちって気が合うね」

采花が笑うと私もつられて笑顔になる。遠いようで近い存在。きっと私たちだけが共感できるところがあって、だからこそ傍《そば》にいたいと思うのかもしれない。

通学路の途中にある小さな公園に立ち寄って、ふたりでならんでブランコに乗ってオレンジ色に染まる空を眺める。蒸し暑い風が頬を撫《な》でて、もうじき本格的な夏が始まるのだと感じた。

采花から貰《もら》ったサイダーがしゅわしゅわと口の中で弾けていく。久しぶりに飲んだサイダーは刺激が強くてすこし舌が痛いけれど、甘くて美味《おい》しかった。

「私たちって似てないけど、悠理といると落ち着くんだよね」

私も同じだった。采花とは性格も趣味もちがう。だけど、いっしょにいると落ち着く。それにひとりでは退屈なことが采花といると楽しいことに変わるんだ。

「悠理はさ、私にないものたくさん持ってる」

采花の持っていないもので、私が持っているもの。考えてみても思いつかない。逆ならいくらでも思いつく。明るいところ、人を惹きつけるところ。運動ができるところ。手先が器用なところ。私にないものをたくさん持っていて、羨ましいくらいだ。

「私の話をちゃんと聞いてくれて、考えてくれるでしょ」

「それは……誰にでもできるよ」

「そうかな。私はなにかあったとき、悠理に話そう。悠理ならきっといっしょに考えてくれるって思うと安心するんだ」

悠理のこと頼りすぎかな。と采花が笑う。鼻の奥がツンとして、視界がじわりとゆがむ。

私が持っているものは誰の目にもわかりやすく映るものじゃないかもしれない。でも大切な人が、采花が見つけてくれている。私を頼りにしてくれている。そう考えると今の私でよかったと思えた。

そして高校二年生になり、采花とまた同じクラスになった私は、采花が中学の頃から仲がいいという瀬川くんと知り合った。

「瀬川とは中学三年間同じクラスだったけど、また高校で同じクラスになるなんてねー」

「本当腐れ縁だよな」

瀬川くんも采花と同じように明るくてクラスの中で目立つ存在だった。中学の頃は陸上部だったらしく肌は日に焼けていて、切れ長の目が特徴的。爽やかな雰囲気を纏《まと》った男の子だった。

初めての男友達という存在に戸惑ったけれど、瀬川くんは気さくに話しかけてくれる。そのおかげで緊張がほぐれていった。

私は采花と瀬川くんといると居心地がよくて、気づけば三人でいることが当たり前になっていた。

「悠理ー！　ここの問題教えて！」

「俺が先だっつーの。割りこむなよなぁ」

「私、プリント半分以上終わってないんだから譲ってよ！」

恒例となっている口喧嘩に挟まれながら、数学を教えていく。成績は平均点よりもすこし上くらいだけれど、ふたりの力になれるのが嬉しくて、私自身も勉強を頑張るようになった。

「悠理の字って、綺麗だよなー。見やすい」

「瀬川の字は暗号みたいに下手だよね」

プリントに書かれた瀬川くんの字をシャーペンでさして、采花がおかしそうに笑う。

瀬川くんは眉を寄せて、手で采花のシャーペンを払った。

「お前も上手《うま》くはないだろ！　悠理の字を見習え！」

「ふたりとも、早くプリント解かないと、先生来ちゃうよ」

口喧嘩をなだめながらも頬がゆるんでしまう。

褒められたことが照れくさくて、でもちょっとだけ誇らしい。とくに意識していなかったけれど、見やすい字でよかった。

「采花、私のノート見る？　プリントの問題の範囲まとめてあるよ」

「はぁ、悠理って優しいし癒されるわー。瀬川なんて癒しゼロだし」

「悠理、こいつやる気ないから俺を優先して教えて」

「やる気あるし！」

采花が瀬川くんの頭を下敷きで軽く叩《たた》くと、瀬川くんが采花の髪を下敷きで擦《こす》って静電気を起こさせる。

「ぎゃ、なにすんの！」

「そっちが先にしたんだろ。……ふはっ、髪の毛やば！」

「采花も瀬川くんも、ストップ！　時間なくなっちゃうよ！」

子どもみたいなやりとりを繰り返すふたりは、場の空気をいつだって明るくて楽しいものにしてくれた。

大好きな時間。大好きな人たち。このかけがえのない時間が、いつまでも続くと思っていた。

＊＊＊

目を閉じて、あの頃の日々を懐かしむ。胸が痛くて、堪えないと涙が出てきそうだった。

音楽室の端っこで蹲《うずくま》っている采花は顔が見えないので泣いているのかはわからない。

「采花、あのね」

言いかけた言葉をのみこむ。きっとひとりで考えたいからここに来たはずだ。この場に留《とど》まるのはよくない気がして立ち上がる。振り返っても采花の顔は隠れたままで、本音を聞けそうにない。

「……先に行ってるね」

一旦教室へと戻ることにして、音楽室を出る。

瀬川くんの方は大丈夫だろうか。あまり顔に出さないけれど、瀬川くんも思うことはあるはずだ。

階段を上りながら、すれちがう生徒たちを見て寂しさが胸に広がる。今更かもしれない。あの日々に戻れないことはわかっている。

それでも卒業する前にせめてふたりには後悔が残らないように話をしてもらいたい。

きっとこれは私のエゴだけれど、このままでいいと放り出してしまったら、過ごしてきた大事な日々が消えてなくなっていく気がして怖かった。

教室へ戻る途中、瀬川くんの姿を廊下で見つけた。窓枠に肘をつきながら、麻野くんと話している。

「瀬川さー、このままでいいの?」

「なにが?」

「卒業前に采花とちゃんと話した方がいいんじゃねーの?」

「……采花は俺と話したくないだろ」

ちがう。采花も本当は瀬川くんと話がしたいはずだ。でもそれは簡単なものじゃないってお互いわかっている。話して終わり。それだけでは意味がない。

あのときの自分たちの本当の気持ちを、胸の中に残る後悔と苦しさを、共有できるのはきっとふたりだけのはずだから。

「でももう会えるのも、あと数日じゃん」

「わかってるけど……今更なにを話したらいいのかわかんねぇよ」

もうすぐ別れがやってくる。采花も瀬川くんも別々の進路で、今のように会える距離ではなくなってしまう。きっと今のふたりのままなら、二度と会うことはないかもしれない。

「つーか、ごめん。お前たちにとってあんまり触れられたくない話だったよな」

麻野くんの言葉は私の心に暗い影を落とした。

立ち聞きをして、思い出して傷つくなんて勝手すぎる。私もそろそろ自分の気持ちに決着をつけなくてはいけない。

教室に入ると窓際の私の席から桜が見えた。

最近開花して、卒業式あたりでは満開が予想されていると朝のホームルームのときに先生が話していたのを思い出す。

今年の桜は例年よりも早く満開を迎えるらしい。

懐かしくて、顔を綻《ほころ》ばせながら桜を眺める。

ちょうどこの一つ下の階が二年生のときの私たちの教室だった。

＊＊＊

二年生の修了式の日、教室で私たち三人は居残りをしていた。

「もー、やだ。無理！　こんなに持って帰れないんだけど！」

采花が半泣きになりながら嘆き、必死に荷物をまとめている。

どう見ても教科書の山と書道道具やジャージ、学祭で使った景品のオモチャなどをひとりで持って帰るのは大変そうだ。

「お前が今日まで持って帰らなかったのが悪いんだろー」

「だってさぁ、べつに私ら卒業じゃないじゃん！」

「それにしてもこれはためこみすぎ」

「ひとつ上の階に持っていけると思ってたの！　それくらいよくない？　本当、先生ケチ」

采花は荷物を丸ごと三年生の教室に持っていけると思っていたらしい。けれど、クラス発表は四月なので、荷物は一旦持って帰るようにと先生に言われてしまったのだ。

瀬川くんが机に広げられた景品の中からヨーヨーを手に取って遊んでいると、采花が不貞腐《ふて》れたようにラメの入ったスーパーボールを指先で弾く。

「それ全部あげる」

「いらねー。責任もって持って帰れ」

指人形やガムの形をした指を挟む悪戯《いたずら》オモチャに、光る指輪。持って帰ってもあまり使うことがなさそうなものばかりだった。誰も景品の余りを持って帰りたがる人がいなくて、采花が引き受けてくれたのだ。

「これ、私も半分くらい持って帰ろうか?」

采花に押し付けてしまったのがもうしわけなくて、今更だけど私も引き取って持って帰ろうと思い、声をかけた。今日は修了式だけだったので鞄《かばん》の中身はほとんど空っぽだ。

「悠理がスーパーボールで遊ぶのとか想像できねぇな」

「いや待って、私だってスーパーボールで遊ばないけど!」

「お前なら違和感ない」

「はあ?」

いつも通りふざけあいながら口喧嘩をするふたりに私は笑ってしまう。この時間がたまらなく好きだった。

「そうだ！」

ある案が閃いて大きな声を上げると、ふたりが口論をやめて不思議そうに振り向いた。

「書道の道具とか、三年生でまた使うものは部室に置かせてもらうのはどうかな」

采花はバスケ部で今は使われていない一階の第一準備室を部室として使っていたはずだ。そこなら先生もチェックをしに来ないだろう。

「悠理、天才！　それ採用！」

「采花に影響されて悠理が悪い思考になってきてんな」

「私に似た柔軟性を身につけたってことだね」

早速置いていくものと、持って帰るものに分け始める。それにしても驚くくらい荷物が多い。

授業で使うものよりも、遊び道具の方が多い気がする。漫画本やバドミントンのセット、大きなシャボン玉を作る道具や水鉄砲。どれもいっしょに遊んだ記憶があるものばかりだ。

「うわー、重っ！　絶対明日肩痛くなる！」

二年生の教科書を詰めこんだ采花の鞄は、膨れ上がっていた。

「頑張れ、それは俺も手伝えねぇ」

「わかってるけどさー。でも書道の道具とか置いていけるならまだマシ」

持って帰るものと置いていくものの仕分けが終わり、一息つく。けれど、これから運ぶのも一苦労だろう。

席を立ち、窓際からすぐ傍《そば》の淡く色づいている桜を眺める。花びらが風に吹かれて散っていく光景が綺麗だった。今日は学校全体が部活は休みなので、人もほとんどいなくて静かだ。

おもむろに鍵に手をかけて窓を開けると、春の暖かな風が私の髪を攫《さら》うように吹き抜ける。

目が回るほどの勢いで通り過ぎていくのは、風に乗った雪のような桜の花びらたち。手を伸ばして掴《つか》もうとしたけれど、速すぎて手の中からすり抜けていった。

「う、わっ！」

采花の声が聞こえて振り返ると、教室に桜の花びらがはらはらと舞っている。采花も瀬川くんもあ然としていて、言葉を交わすことなく三人でこの光景を眺めていた。

陽《ひ》だまりの匂いと、教室に舞う桜の花びら。

私たちを包みこむような春の風。

三人だけの放課後のひととき。

この瞬間を忘れたくないと目に焼き付ける。

「ちょ、悠理！　早く閉めて！」

采花の声に我に返って慌てて窓を閉めた。床に散らばったたくさんの花びらに顔が引きつる。私が窓を開けてしまったせいで、かなり散らかしてしまった。

「ご、ごめん……すぐ片付けるね」

慌てて掃除箱からホウキとちりとりを持ってきて、花びらをかき集める。口を閉ざしていた瀬川くんが沈黙を破るように噴き出した。

「時々悠理って驚かせることするよな」

「そーそー、そういうとこ面白くて好き」

つられるように采花も笑い出す。驚かせるつもりはなかったのだけれど……とふたりの反応に戸惑っていると、ふたりもホウキを持ってきて掃除を手伝ってくれた。

「先生に見つかる前に片付けちゃおう」

「采花も先生に見つかる前に荷物避難しないとな。知られたら説教確定だし」

「それは困る」

私たちは変わらない。ずっとこのままいっしょにいられる。そう信じて疑わなかった。

かき集められた淡く色づく桜の花びら。一度散ってしまったら、もう戻ることはできない。ほんのひとときの美しさだからこそ、儚《はかな》くて尊いものに感じる。

この時間がどうしようもなく愛《いと》おしかったのだと、過ぎてから思い知る。

大事にしたかったはずなのに、三人の関係を最初に壊したのは――私だ。

＊＊＊

采花は昼休みが終わる直前に、なにごともなかったように教室へ戻ってきた。音楽室では膝を抱えて泣いているように見えたけれど、それを感じさせないほど表情は明るい。

放課後も卒業アルバム制作が続き、采花が中心となって進行をしていく。普段よりも大きな声で笑ったり、冗談を言ったりしている姿が空元気のようにも見えて私は心配になる。

「体育祭の絵、終わった～！」

「采花、絵うま！」

空いたスペースに描かれている体育祭の種目の絵はどれも可愛かった。采花は絵を描くのも得意で、アルバムの表紙もほとんど采花の力で立派なものになったのだ。

「麻野はある意味画伯だね。なんで野球のグローブ描いたの？」

「いや、鯉のぼりですけど？」

対して麻野くんはかなり独特な絵を描いていて、采花の絵とはちがった方向で個性が出ている。麻野くんの絵を覗《のぞ》きこんだ瀬川くんは「怖！」と顔を引きつらせた。

「この調子だと完成すぐできそうだね。采花のおかげだよ」

未来ちゃんは体育祭という文字をカラフルなペンで装飾しながら、安堵《あんど》するように口角を上げる。

男子たちが書いた読みにくい文字も問題だったけれど、作業が難航する原因は構成と空いているスペースに入れる絵が上手くいかないことだった。でもセンスのある采花が率先して構成を考えて、空いているスペースに絵を描いてくれている。

「つーか、采花って不得意なことあんの？」

麻野くんの疑問に采花は困ったように眉を下げる。

「あるに決まってるじゃん。数学とか苦手だし」

采花はほとんどが平均点以上だけど、数学だけはいつも赤点ギリギリだった。だから、私がよく采花と瀬川くんに数学を教えていたなと思い返して顔が綻ぶ。

「瀬川も数学苦手だよなぁ」

「俺は普通だって」

瀬川くんは不服そうな表情をして、余計なことを言うなと麻野くんを横目で睨んだ。

麻野くんは慣れているのか、肩を竦《すく》めて笑っている。

「瀬川だって私と同じくらいの点数だったじゃん」

「お前よりはできるっつーの」

「いっつも教えてもらってたくせに」

「……うるせーな」

采花と瀬川くんの間に流れる空気がピリピリとしてきて再び不穏な流れになっていく。

「ふ、ふたりとも落ち着いて！　喧嘩《けんか》しないで」

私が止めに入ったところで空気が変わるはずもなく、未来ちゃんと麻野くんも顔を見合わせて苦笑していた。

「ちょっと、なに馬鹿なことしてんの！」

教室の中でどっと笑いが起こり、みんなの視線が教卓側の席に集まる。どうやら男子がふざけて写真をくり抜いて、他の生徒と顔を取り替える遊びをしているみたいだった。

「うわ、なにこれー！」

「やば！　見せて見せて！」

未来ちゃんと麻野くんも立ち上がって、教卓の方へと集まる。残された采花と瀬川くんは黙々と作業していた。ふたりならこういうとき、見に行くはずなのに珍しい。

采花はブレザーのポケットからスマホを取り出すと、時間を確認して大きな声を上げた。

「今日バイトあるんだった！　私そろそろ行くね」

ほんの一瞬見えてしまった采花の画面に、私は目を疑った。

「おー、あとは写真だけだから、俺らで終わらせとく」

「ありがと。……じゃあ」

荷物を抱えて教室から出ていこうとする采花は、一度だけ振り返って瀬川くんを見た。けれど、瀬川くんはそれに気づくことなく、写真を切り取っている。

待ち受け画面には、三人が写っていた。

采花と瀬川くんと私。みんな笑っていて、楽しかった時間がそこにあった。

ふと瀬川くんのペンケースからはみ出ているシャーペンが目に留まる。あれは二年生の頃の誕生日に采花があげたものだ。そして、傍に置いてあるスマホの青いケースは私があげたもの。

あの頃の仲のよさはもうないけれど、それぞれが楽しかった過去を手放すことができないのかもしれない。

卒業式が近づき、予行演習が体育館で行われていた。

生徒たちはならべられたパイプ椅子に座り、先生の指示に従う。名前を呼ばれた生徒が壇上に立ち、卒業証書を受け取った。

全員が同じブレザーに袖を通し、同じ方向を見つめている。そんな光景を眺めながら、本当に卒業なのだなと実感した。

高校生活に終わりが来る。大学に進む人や、短大や専門学校へ進む人、就職をする人だっている。中にはもう二度と会わない人だっていて、こうしてみんなが同じ場所にいるのはあとわずかなのだ。

一通り練習を終えると、学年主任の先生がマイクを持って壇上に立った。

「皆さん、練習お疲れ様です」

挨拶から始まり、残りわずかな学校生活を悔いのないように過ごしてほしいという思いが告げられる。

「それと先生たちから、皆さんへのプレゼントがあります」

静かに聞いていた生徒たちがざわつき始める。一体どんなプレゼントが贈られるのかと落ち着かない空気の中、先生たちが窓に暗幕をかけていく。

壇上から大きなスクリーンが下りてきて、先生のひとりがプロジェクターを運んできた。どうやらなにかの映像を見るらしい。

どんな映像なのだろうと胸をおどらせながら待っていると、先生が再びマイクを通して話し始める。

「すこし早いですが、これは先生たちからの卒業祝いです」

その言葉を皮切りに、スクリーンに映像が映し出される。

柔らかなＢＧＭとともに流れ出したのは、私たちの入学式だった。

真新しい制服に身を包み、緊張が顔に出ている生徒が多い。自分や友達が映ると、生徒たちが声を出して盛り上がる。

「うわ、黒髪じゃん！　このときすっごい幼くない？」

「未来、隣だったの!?　気づかなかった！」

その中に私の姿も見つけた。このときは緊張していて、誰とも会話をすることなく初日を終えた。積極的に話しかけることができなくて、采花と話すようになるまでは学校に来るのが憂鬱だった。

入学式が終わると、次は一年生の体育祭。そして、文化祭の準備に追われている様子や当日にクラスＴシャツを着て、気合を入れている光景。

どれも懐かしくて、思い出が心に降り積もっていく。

二年生のときの夏に移り変わった。地域のお祭りでボランティア活動をすることになり、屋台を出すことになったときの映像だ。

地域のお祭りをどう活気づけるかという話し合いから始まり、先生たちの知恵を借りながらリーダーの采花を中心に様々な企画を提案した。

学校の文化祭で使っている屋台の道具などを調達したり、食べ物以外に子どもたちが楽しめる遊び企画もやろうと三ヶ月くらいかけて準備をしてきた思い出深いイベントだ。

準備の映像から当日の映像に切り替わる。

『いえーい！』と大きな声を出して、ピースサインをしているのは采花と瀬川くんだった。ふたりに腕を引っ張られて、私も恥ずかしがりながらピースをする。

懐かしい。このとき私たちは三人でかき氷の担当をしていた。

どんな味をかけ合わせたら美味しいかと真剣に悩んでいた采花と瀬川くんに、かき氷シロップは香料がちがうだけで、同じ味だよと教えるとふたりは目をまん丸くしてそんなはずないと騒ぎ出したのだ。

結局色んな味を試していたら、先生に見つかってしまって遊ぶなって叱られたっけ。

……そうだ。この日だ。

＊＊＊

お祭りが始まって三時間ほど経ち、提灯《ちょうちん》が夜に映えるようになってきた頃。

私はふたりとはぐれてしまった。生徒たちは町内の施設に荷物をまとめて預けており、その中にスマホを置いてきてしまったため、連絡も取れない。

友達と楽しそうにしながらお祭りを満喫している生徒たちを見て、行き場のない寂しさを感じていた。

私がいないことに誰も気づいていないかもしれない。そう思うと虚《むな》しくて、はぐれただけなのに情けないほど弱気になってしまう。

露店がならんでいる道は人の通りが多くて揉みくちゃになる。この道を抜けて、人通りが少ない方へ避難しようと歩き出すと、後ろから腕を掴まれた。

「悠理!」

驚いて振り返ると、息を切らした瀬川くんがいた。

「よかった、見つけた」

目を見開き、呼吸が一瞬止まる。

「ど、して……」

「急にいなくなったから焦った!　まじで……もー、はぐれんなよ」

お祭りではぐれて探してくれた。息を切らして走ってきてくれた。

たったそれだけなのに泣きそうになってしまう。

必要としてもらえているような気がして、胸のあたりが熱くなりぎゅっと切ない収縮をする。私の方が走ってきたのではないかというくらい心臓《しんぞう》が速く動いていた。

「……心配かけてごめんね。采花は？」

「采花は麻野たちと射的やってる。探しに行くって言い出したけど、采花の方が迷子になりかねないから俺が探しに来た」

掴まれた腕が熱い。私よりも瀬川くんの体温の方が高いからだろうか。

真っ赤な提灯に照らされた道をふたりで歩きながら、腕はいまだに掴まれたままだった。

「悠理は危なっかしいよな」

「気がついたらみんないなくて……ごめんね」

「じゃー、せっかくだし、あれ食ってこうよ」

瀬川くんが指さした方向にはあんず飴《あめ》の屋台。采花たちは射的を楽しんでいるから、俺たちもちょっとくらい寄り道しようと笑って提案してくれた。

クジを引いて出た数の分だけあんず飴が貰《もら》えるお店で、私はひとつ。瀬川くんは三つも当たった。

あんず飴を食べるのは小学生以来で、水飴にコーティングされた甘酸っぱいスモモを食べて自然と頬がゆるむ。

「うまい？」

私の顔を瀬川くんが覗きこんでくる。あんず飴についた割り箸を握り締めながら頷くと、にっと歯を見せて笑いかけられた。

「よかった」

もしかしたら、ひとりはぐれてしまった私を元気づけようとしてくれていたのかもしれない。

「瀬川くん、あんず飴三つも食べきれる？」

「しゃーない。采花にも分けてやるか」

射的の前で采花と合流して、瀬川くんがあんず飴を見せると目を輝かせながら喜んだ。

「やったー！　あんず飴大好き！」

「お前見てると小学生に戻った気分になる」

「……ふたつ貰ってやる！」

瀬川くんの左手にのったふたつのあんず飴は、采花によって回収されてしまった。

「お前なぁ！」

「代わりに瀬川には私が射的でゲットしたキャラメルをあげるよ」

「まー、いいけど。ひとつ食べたし」

すこしして楽しげな音楽が流れ始めた。私はお祭りの輪から外れて、地域の人たちの盆踊りを眺める。曲に合わせて体を大きく動かしてポーズをとったり、隣の人と声を上げて笑ったり、手を繋《つな》いでいる人もいてみんな楽しそうだ。

麻野くんが交ざって踊っているのを見つけて、采花と未来ちゃんが声を上げて笑い出す。

「ちょっと、麻野下手すぎ！」

周りとズレていて、麻野くんは地域の人たちに教えてもらっている。

「私も交ざってこよっと！」

「あ、私も行くー！」

采花と未来ちゃんが小走りで盆踊りの輪に入っていった。いつもならノリノリで入っていきそうな瀬川くんが、なぜか輪には入らずに私の隣にいる。

「瀬川くんはいいの？」

「いいよ。悠理が迷子になるし」

「こ、ここにいるから大丈夫だよ！　瀬川くん、こういう賑《にぎ》やかなの好きでしょ？」

みんなのところへ行っていいよと伝えても、瀬川くんは首を縦には振らなかった。

「たまには悠理のペースでまったりしたくなったんだよ。今日はたくさん働いたしなー」

優しい人だと知っていたけれど、あらためてそう感じた。瀬川くんを友達だと思っていたはずなのに、心臓が大きく脈を打ち、彼の笑顔が眩しく思える。

「悠理はもっとワガママ言っていいよ。疲れたら疲れたって素直に言えば、俺も采花も悠理に合わせるし」

「でも、それは……」

「人に合わせることも大事だけど、合わせてもらうことも大事だと思う。それに悠理はいつも俺らに合わせてくれてるだろ」

私がはぐれた原因が、疲れて歩くのが遅くなってしまったことだと瀬川くんは気づいていたようだった。迷惑をかけてしまったもうしわけなさもあるけれど、私をちゃんと見ていてくれたことに、嬉しさがこみ上げてくる。

「これあげる」

先ほど采花から貰っていたキャラメルを一粒、私の手のひらにのせた。それをぎゅっと握りしめて、笑顔になる。

「ありがとう、瀬川くん」

この日から、私の中で瀬川くんは特別な存在になっていった。

三人でいるだけで幸せだったはずなのに、気持ちがすこしずつ膨れ上がっていってしまう。

だから、私はあのとき——。

スクリーンの映像が切り替わり、今度は修学旅行になる。

行きのバスでトランプをして盛り上がっている映像や、生徒たちで長崎《ながさき》の街を散策している映像。宿舎でレクリエーションをしている中で、私たちを見つけた。

『瀬川、歌へったくそ！　ねー、先生撮って撮って！』

『うっわ、やめろって！　お前が歌え！』

楽しそうに声を上げてふざけあっている采花と瀬川くん。隣では私が笑っていた。

修学旅行は本当に楽しくて、またいつか三人で行きたいねと話していたこともあった。

季節は巡っていき、三年生最後の体育祭が映し出される。

けれど、その中で笑いあっている私たちはいない。バラバラに映っていて、采花の笑顔はぎこちなかった。瀬川くんもあまり映りたくなさそうにしながら、ひかえめに麻野くんたちとピースをしていた。

場面が切り替わり、スクリーンには私が映った。

これはリレーが始まる前だ。応援用の赤いポンポンを両手に持って、私はカメラの前で意気ごんでいる。

『あ……先生、采花が走るよ！　撮って！』

私は采花がこの日のために必死に練習していたことも、女子の中で一番足が速いことも知っていたから、絶対一番になると自分のことのように自信満々だったのだ。

そして今度は采花が映る。開始の合図が鳴り響き、走り始めた采花は誰よりも速い。他のクラスを引き離して一番にバトンを次の人に渡した。

『やっぱ采花はすごいね！』

私の誇らしげな声が聞こえてきた。

体育祭では私と采花は気まずくて、一度も会話をしなかった。それでも、私は采花が活躍すると嬉しくてたまらなくて、自慢の友達だったんだ。

「采花？　大丈夫？」

未来ちゃんの声が聞こえ、はっと我に返る。生徒たちの視線はスクリーンから采花に移っていて、ざわつき始める。采花は両手で顔を覆っていて、肩を震わせていた。

「ごめん……大丈夫だから」

いつもの声と比べて鼻声でくぐもっていたので、泣いているのだとわかった。

「采花……」

騒然とする生徒たちの声に、私の声が溶けていく。采花はなにも悪くない。壊したのは私だ。それなのにかける言葉がない。

時間は戻らない。あの頃の私たちはもうここにはいない。流れてしまった時を取り戻すことなんてできないのだ。

「保健室で休んできなさい」

事情を察した担任の先生が、そっと声をかけると、采花は頷いて顔を隠しながら席を立った。外の光を遮断された体育館から采花が抜け出していく。その背中を見つめていると、色んな人の言葉が聞こえてきて、私は耳を塞ぎたくなる。

――聞きたくない。言わないで。

けれど、卒業まであとわずか。別れが近づいている。逃げてしまったら、今以上に後悔するはずだ。

先生が動画を数秒だけ巻き戻すと、再びスクリーンへと生徒たちの視線が集まる。瀬川くんが先生の元へ行き、なにかを話してから体育館を抜け出していく。それを見て、もしかしてと思い、私もこっそりと体育館を抜け出した。

剥き出しの渡り廊下を抜けて、校舎に入ると少し廊下を進んだ先に保健室がある。中を覗くと、ふたりの生徒の背中が見えた。

「ごめん。泣くつもりなんてなかったのに。色々思い出して……」

采花が外を眺めるようにベッドの上に座っていて、その隣には瀬川くんが座っている。

「俺もちょっと泣きそうだった」

「……うん」

「ごめん」

「なんで瀬川が謝るの」

采花と瀬川くんの距離は人ひとり分空いていた。

近いけれど、すこし遠い。それが今のふたりの関係なのかもしれない。

「あの頃、本当に楽しかったよな」

「そうだね。私、三人でいた時間が一番好きだった」

またふたりがいっしょにいて、話題にするのをさけていたあの頃の話をしている。

その変化は嬉しいはずなのに、時間の流れが苦々しく私の心を凌駕《りょうが》していく。

過去に囚《とら》われているのは、私も采花も瀬川くんも同じだ。けれど、変われていないのは私だけなのかもしれない。

「私たちってさ、付き合ってるんじゃないかって噂されてたんだって」

「知ってる。よく聞かれたし」

「本当みんな勝手な噂ばっかりするよね。……私たちのことなにも知らないくせに」

私も何度も聞いたことがあった。明るくてクラスの中心的存在の采花と瀬川くんは似た者どうしで、お似合い。そんな風に話している人がたくさんいた。

「でもさ、そういうのじゃなかったんだよ」

「それも知ってる」

「……私ね」

采花が涙を拭うような仕草をして、微《かす》かに震えた声で言葉を紡ぐ。

「瀬川と悠理が好きだったの。友達として大好きだった」

初めて聞く采花の気持ちは、私の中に衝撃を落とした。目を見開き、采花の言葉を反芻《はんすう》させる。

ずっとかんちがいしていた。采花は瀬川くんのことが好きなのだとそう思っていた。けれど、それは間違っていた。

「だからさ、三人でいるあの空間が壊れるのが怖かった。私だけがのけ者になったらどうしようって不安で、体育祭のとき悠理のことも瀬川のこともさけちゃったんだ」

私は采花が怒っているんだと決めつけて、さけられた理由も聞かなかった。自分のことばかりで、采花の本当の気持ちを確認しなかった。

「ごめんね、瀬川」

「……俺も後悔するのが怖くて、采花のことさけてた。ごめん」

「もっと早く話せばよかったね」

沈黙が流れて、鼻をすする音が聞こえる。そして采花が身体の力を抜くように、長いため息を吐いた。

「なんであのとき、素直になれなかったんだろ」

「多分今だから話せたんだと思う。……そのくらい俺らにとって簡単な問題じゃなかったから」

本当の気持ちが知れてよかった。ふたりが和解できてよかった。過去と向き合って、想《おも》いを言葉にしたふたりは、きっとこれから前に進めるはずだ。

「じゃあ、仲なおりしよっか。もう今更だけどさ」

「本当、今更だな」

ふたりは顔を見合わせて笑った。私はこの場にいてはいけない気がして、そっと保健室から出る。


采花にとって、私も瀬川くんも友達だった。

それなのに私はあの頃かんちがいをして、勝手に焦って不安になっていた。後悔をしても遅いのはわかっているけれど、あのとき采花を傷つけないで済む方法があったかもしれない。

誰もいない廊下の壁に寄りかかるようにして、座りこむ。

想いを自覚したときに采花に打ち明けていたら、ふたりはこんな風にならなかったのだろうか。

＊＊＊

高校生活最後の体育祭前日。

毎年クラスごとに布が配られて、クラスカラーのハチマキを自分で作るという決まりがある。裁縫が苦手な私は三年生の年も上手く作れず、前日までかかってしまっていた。

「私も手伝おうか？」

「ううん、大丈夫。采花は体育祭の前日ミーティングがあるでしょ？」

体育祭実行委員の采花は忙しい。三年生はとくに色々な業務をやらなければいけないらしく、ここ最近は遅くまで残っているみたいだった。

「ミシンとかあれば、すぐできるんだろうけどねー。私も家にないしなぁ」

「いや……私不器用すぎてミシン使っても悲惨なことになりそう」

「それは……うん、否定できないかも」

私がどれだけ不器用か知っている采花は苦笑していた。

ミシンを使いこなせる自信もないし、中学生のときに家庭科の授業で使ったときは、あまりの速さと振動に驚いて、ものすごく歪《いびつ》なエプロンが仕上がってしまったことがある。

「毎年作らなくちゃいけないのが本当苦痛だよねー」

「クラス変わる度にカラーが変わっちゃうもんね。私毎年この作業が一番苦手」

「一、二年のときになった色だったら、楽できるんだけどね。未来とか三年間同じ色らしくて羨ましいよ」

残念なことに私たちは一年生のときは黄色で、二年生では緑。三年生では赤がクラスカラーだった。なので毎年ハチマキを自分たちで作っている。

「あ、やば。もう集まる時間だ。じゃ、行ってくるね！」

ミーティングに行く采花を見送って、放課後の教室でひとり黙々とハチマキを縫っていく。体育祭前日は校庭を使用した練習は禁止なので、学校は静かだった。

指先に感じた痛みに顔をしかめる。またやってしまった。

どうしても針を使うことが苦手で、指に何度も刺してしまう。あともうすこしだけ頑張れば、この針地獄から解放されると気合を入れると逆効果でゆがんでしまう。

「あれ？　悠理、まだいたんだ」

とっくに帰ったと思っていた瀬川くんが教室に顔を覗かせた。どうやらクラスの男子たちとバスケをして遊んでいたらしい。明日は体育祭だというのに体力のある瀬川くんたちは疲れが翌日にくる不安はないようだった。

「それなかなか終わんねーなぁ」

「こういうの苦手で……」

「本当だ。すげー歪」

からかうようににやりと笑いながらも、瀬川くんはこうしたほうがいいとていねいにアドバイスをくれる。瀬川くんは一年生のときのクラスカラーが赤だったらしく、今年はハチマキを作らずに済んだらしい。

「悠理は裁縫とか得意そうに見えるのに、案外細かい作業苦手だよな」

「……大雑把ってはっきり言っていいよ」

自分の欠点を晒《さら》してしまって恥ずかしい。けれど、声を上げて笑う瀬川くんを見ていると表情がゆるみそうになる。

「いいじゃん。ギャップがあって」

「えー……でもそれよくない方のギャップだよね」

「抜けてて不器用なのもいいと思うけど」

一年前の夏から育ってきた想いは、瀬川くんの言葉に一喜一憂してしまう。あの頃はこのままおさえきれると思っていた。

たとえ、瀬川くんが采花を好きになっても、采花が瀬川くんを好きになっても、私はふたりの味方でいたいと本気で思っていたのだ。

それなのに育った想いは欲を出してきた。

采花と瀬川くんはお似合いだ。実は付き合っているんじゃないか。付き合っていなくても、両想いだろう。そんな噂を知って、私は心の中にある感情に気づき始めてしまった。

采花が好き。瀬川くんが好き。ふたりとも大事なことには変わりない。けれど、誰にも瀬川くんを渡したくない。采花にさえも、嫉妬が芽生え始めていた。

このままではダメだ。わかっているのに気づいてしまった想いは止められなかった。

「あ、そうだ。ハチマキのさ、裏側に好きな人の名前を書くと上手くいくって話があるんだって」

ようやくハチマキを縫い終えたところで、瀬川くんがクラスの女子たちから聞いたという話をし出した。

「縫う前に書いておくらしいよ。案外やってる人多いみたいだけど、もしかして采花も書いてたりして。想像つかねーけど」

上手く笑ってかわせなかった。

采花と瀬川くんが最近とくにいい感じだから、体育祭で付き合い出すんじゃないかとクラスの女子たちが話していたのを聞いたばかりだった。

「瀬川くんは書いたことあるの？」

瀬川くんはそういうのを信じない人だ。だけど、聞かずにはいられなかった。

「書いたことないよ」

あっさりと返されて、ホッと胸を撫で下ろす。

采花は誰かの名前を書いたのだろうか。もしも相手が瀬川くんだったとしたら？

〝瀬川くんと話すとき、采花って嬉しそうじゃん。絶対好きでしょ〟

クラスの子の言葉が頭によぎる。瀬川くんの隣で楽しげに笑う采花を思い出して、一気に焦りを募らせていく。

「悠理は書いた？」

「私は……書いてない、けど」

「え、もしかして好きな奴《やつ》いる？」

私の反応に察してしまった様子の瀬川くんは少し驚いていた。

瀬川くんと恋愛の話をしたことがなかったから、私に好きな人がいるとは思いもしていなかったのだろう。

うそをつくこともできなくて、私はぎこちなく頷いた。

「まじか。知らなかった。……誰？　同じクラス？」

苦労して出来上がったハチマキを握りしめる。

柔らかそうな黒髪の隙間から見える切れ長の目と視線が交わった。

私の想いを伝えたら、瀬川くんと気まずくなって三人の空間が崩れてしまうかもしれない。それでも、采花と瀬川くんが付き合い出したら、私はきっと傍で笑えなくなる。

そして、気づいたら唇が動いていた。

「目の前」

たった一言。想いを明確な言葉にしなくても、瀬川くんには伝わっただろう。

目をまん丸く見開いて硬直している瀬川くんの前から立ち上がり、ハチマキを鞄の中に押し入れた。そして逃げるように教室を出る。

ドアのところに隠れるように立っていた人物に気づいて、息をのんだ。

酷く傷ついた表情で、私を見ているのは采花だった。

体育祭実行委員のミーティングがこんなに早く終わるとは思っていなかった。聞かれてしまったことに後悔と焦りがじわじわとせり上がってくる。

今にも泣き出しそうな采花を見て確信した。

——やっぱり采花も、瀬川くんのことが好きなんだ。

私は言葉をかけることができず、廊下を駆け出した。

もう戻れない。取り返しのつかないことをした。采花が瀬川くんのことを好きなのではないかと思っていたのに止められなかった。自分の感情をどう扱えばいいのかわからない。

好きだけど友達も大事で、壊したいわけではなかった。でも諦めたくもなかった。自分のことばかり考えた狡《ずる》い恋心に気持ちが押し潰されそうで、その日はなかなか眠れなかった。


体育祭当日は晴天に恵まれた。

普段なら采花と瀬川くんといっしょに行動をしているのに、今日は目すら合わない。朝の挨拶すら交わしていなかった。とくに采花にはさけられている気がする。自業自得だ。采花に取られたくなくて抜け駆けをしたのだから、嫌われてもしかたない。

ふたりと気まずくなってしまい、私はひとりで運動靴へと履き替えて昇降口を抜けていく。校庭の砂利を踏みしめた瞬間だった。

「あのさ」

誰の声なのかわかり、どきりと心臓を震わせる。顔を強張らせながら、おずおずと振り返ると瀬川くんが立っていた。赤色のハチマキをぎゅっと握りしめて、逃げ出したい気持ちを必死に堪える。

「体育祭が終わったら……話があるんだけど」

昨日のことを思い出すと恥ずかしくて、頷くのが精一杯だった。瀬川くんは気まずそうに視線を逸らして生徒たちが集まる方へと足を進めていく。その背中を私は見送ることしかできなかった。

そのあとすぐに采花が昇降口から出てきて、なんて声をかけるべきか迷っていると目を逸らされてしまった。胸がずきりと痛み、下唇を噛み締める。

私が采花を傷つけてしまった。だけど今更取り消すこともできない。

今の私にできるのは瀬川くんからの話を待つだけ。——そう思っていた。

卒業式当日、一人ひとりの名前が呼ばれ、卒業証書を受け取っていく。

校歌を最後に歌い、校長先生の言葉で式を締めくくる。まだ泣いている人はいなかった。

二年生たちが作ってくれた花のアーチをくぐりながら体育館から退場すると、すすり泣く声が聞こえてくる。胸に桜色の花をつけながら、三年生たちはそれぞれの教室へと戻っていった。

担任の先生へ贈る卒業アルバムは、前日になんとか完成ができたようだった。

卒業式が終わったあとのホームルームで、采花がクラス代表として渡すと、先生は涙を流しながら受け取ってくれていた。

「こういうものを貰ったのは初めてだよ。ありがとう」

先生がクラスでの思い出を振り返り、別れの挨拶をすると泣き出す生徒もいた。采花は涙を堪えているようで、背筋を伸ばしてしっかりと先生の言葉を聞いていた。

あたりを見渡すと教室からはいつの間にかみんなの私物は消えていて、掲示物も剥がされている。

ホームルームが終わると、鞄を持って教室からクラスメイトたちが出て行く。取り残された私は窓際の一番端っこの自分の席に座って空っぽの教室を眺める。

終わってしまった。もうここへ来ることは二度とない。

感傷に浸っていると、足音が聞こえてきてドアの方へと視線を向ける。

卒業おめでとうと書かれている花を胸につけた瀬川くんが、こちらへ歩いてくる。

胸につけられているものと同じ卒業祝いの花をポケットから出すと、瀬川くんは私の机の上に置いた。

「悠理」

名前を呼ばれたのは久しぶりな気がした。照れくさいけれど、心地いい。大好きな人の声に耳をかたむける。

「あのとき、追いかけるべきだった」

「……瀬川くん、もういいんだよ」

いつのことを言っているのかわかっている。体育祭の前日に私が告白をして逃げたときの話だ。

「ずっと言えなくてごめん」

「私は……」

この先の言葉が出てこない。もう私は言えない。

瀬川くんが謝ることじゃないんだよ。だから、そんなに苦しまないで。そう笑いかけて後悔をなくしてあげたくても、それができなかった。

瀬川くんの大きな手が、机の上に置かれた花に触れる。

「好きだったんだ」

その言葉は優しく私の心に触れて、切なさを残して通り過ぎていった。

「悠理から告白されたとき、驚いたけど嬉しかった。明日返事をすればいいって思ってて、あのとき追わなかった」

あれは逃げてしまった私が悪い。あの場で返事を聞いていたら、一瞬でも私は瀬川くんの彼女になれていたのかな。けれど、采花の顔が浮かぶ。もしも付き合えたとしても、きっと采花とは気まずくなってしまっていた。

自分のことばかりだった。瀬川くんの気持ちや采花の気持ちを考えていなかった。謝るべきなのは私の方だ。

「体育祭のあとでいい、打ち上げのあとでいい。帰り道で返事をしようって先延ばしにしてた。だから思いもしなかったんだ」

瀬川くんの表情に影が落ちる。彼の想いを今の私にはすくい上げることはできない。

「もう二度と会えなくなるなんて」

目の前にいる瀬川くんの瞳には私は映っていない。

瀬川くんだけじゃない。采花もクラスのみんなも、家族でさえも、私の姿をもう見ることはできない。

「後悔したって遅いのに……ごめん、悠理」

「でも今知れたよ。ありがとう、瀬川くん」

彼には届かない私の言葉。

温かくて、切なくて、苦しくて、どうしようもなく愛おしい告白。

体育祭の日の放課後で終わった私の短い人生は、今になって思えばとても幸せなものだった。

体育祭のあと、クラスのみんなで打ち上げをすることになっていた。夕方に指定されたお店に集合する約束だったけれど、私だけはお店に着くことはなかった。

反転する視界の中で、横断歩道の青い光が点滅するのが見えた。今でも車のブレーキ音と近くにいた誰かの悲鳴が耳の奥に残っている。

この身体《からだ》ではあの日の事故の痛みは思い出せないけれど、意識が途切れる直前に思い浮かんだのは家族や友達のこと。もちろんその中には瀬川くんや采花もいて、私には心から大事な離れがたい人たちがいたのだと実感した。

それと同時に、三人の関係を壊してしまったことを酷く後悔した。


「悠理……っ」

瀬川くんの髪にそっと触れる。けれど、彼は気づくことなく涙をこぼしていく。

「ごめん、悠理。俺……なんでもっと早く……っ」

もういいよ。大丈夫。私は今聞けたから幸せだよ。

言葉が空気に溶けて消えていき、伝わらないことが歯がゆい。

瀬川くんの涙が床に弾ける。拭ってあげたいのに、私にはそれができない。

「泣かないで、瀬川くん」

もう誰からも姿が見えない私は、誰のことも救えない。

今でも忘れられないくらい瀬川くんのことが好き。それでも私は瀬川くんの想いを受け止めることも、後悔をなくすこともできない。

けれど、彼を救える人なら他にもいる。

開いていた教室のドアから、胸元に花をつけた女子生徒が顔を覗かせた。一瞬怪訝《けげん》そうな顔で瀬川くんを見たけれど、私の席と瀬川くんを見て、苦々しく微笑んだ。

「みんな校門のところで写真撮ってるよ」

「……あとで行く」

「そっか」

目を赤くして泣いたばかりだとわかる顔では、行けないのだろう。采花は私の席の前まで来ると、机の上に置いてある花を指先でそっと撫でた。

「私たちもう卒業だよ。……悠理」

「そうだね」

言葉を返しても采花の耳には届かない。それでも、私はずっとふたりの傍から離れることができなかった。

「忘れない」

たった一言。それだけ言うと采花は目にいっぱいの涙をためて、下唇を噛み締めた。

知っているよ。采花が私のことを忘れないでいてくれたこと。先生に頼んで私の席を残していてくれたこと。だから私は幽霊になっても居場所をなくさずに、ここにいることができたんだ。

「俺だって忘れないよ。……忘れられるわけないだろ」

瀬川くんの言葉に、采花は堰《せき》を切ったように声を上げて泣き出した。大粒の涙を流しながら、ブレザーの袖口で何度も拭っていく。

「悠理」と繰り返し私の名前を呼ぶ采花を抱きしめる。

けれど、それが本人に伝わることはない。触れることはできても、本人には触れられている感覚はないようだった。

もっといっしょにいたかったな。ふたりと卒業したかった。大人になりたかった。

もしもを考えては羨ましくて悔しい気持ちになる。けれど、それはどう足掻《あが》いても叶《かな》わないことだから、もう私は終わりにしなくてはいけない。

瀬川くんの想いを聞いて、采花の想いを知って、ふたりが仲なおりしてくれて、私の未練はなくなった。

ずっと忘れずにいてくれてありがとう。

苦しませてごめんね。悲しい思いをさせてごめんね。ふたりは私にたくさんのものをくれた。学校生活が楽しかったのは、ふたりのおかげだったんだよ。

采花、瀬川くん。大好きだよ。

私、ふたりがいてくれて本当に幸せだった。

最後に姿が視《み》えない私からふたりにできることは、ほんのわずかだ。

ふたりの涙を止められるだろうか。どうか、届きますように。

閉じていた窓の鍵に手をかけて、勢いよく開けた。春の暖かな風が吹きこみ、淡い桜の花びらが吹雪のように教室へと降ってくる。

瀬川くんと采花は乱れた髪を直すこともせず、ただ呆然《ぼうぜん》と教室に降り注ぐ桜の花びらを眺めていた。

ふたりの唇が同じ形に動き、名前を呼んだ。

それは私から大好きなふたりへ、最後の贈り物。

「卒業おめでとう」

END

初恋の答えは、約束の海で

水葉直人

Naoto Mizuha

九州地方在住。2021年第22回ノベマ!キャラクター短編小説コンテストにて『初恋の答えは、約束の海で』が最優秀賞を受賞し、『卒業　桜舞う春に、また君と』(スターツ出版刊)にてデビュー。

○進路希望調査
1．将来の夢
将来なんかクソくらえ
2．希望の高校
べつにどこでもよくね？
○担任より
高校進学は人生で最も大切なことです。悪ふざけせずに、真面目に考えましょう。

☆ミスXより
あなたの進路希望を読ませていただきました。率直な意見として、頭お花畑すぎて体がかゆくなりました。ちょっとひねくれてる俺様かっこよくね？的な考えが透けて見えて、あなた自身がクソくらえだと思います。

なお、この意見にクレームがある場合は、東原《ひがしばる》総合病院までお願いします。

ただし、頭お花畑でいきがられても対処できませんこと、予めお伝えしておきます。

朝から起きて学校に向かうのは、久しぶりだった。いつもは昼過ぎに起き、学校に行くかを一瞬だけ考え、結局二度寝するのが俺の日常だ。中学三年生でこんなことしてたら終わりだと言われるが、どうせ学校に行っても「帰ってくれ」と担任に懇願されるのがオチだから、周りの忠告には唾を吐き続けた。

そういうことだから、朝から姿を現わした俺に対して、母親が驚いて固まっていた。絶対に姿を現わさないリビングに俺がいたのだから、母親が混乱するのはしかたがないといえた。

「直紀《なおき》、まだいたの？　早くしないと大学に遅れるでしょ」

気を取りなおした母親が、いつものように俺を二年前に亡くなった兄と間違える。もう慣れたとはいえ、久しぶりの朝からこんな現実を見せられて、俺の怒りは瞬間湯沸かし器よりも速く沸騰した。

「だから、俺は死んだ兄ちゃんじゃないって言ってんだろ。俺は鷹広《たかひろ》なんだよ。いい加減間違えんなよ！」

怒りに任せて声を荒らげると、長い髪を乱した母親が呆《ほう》けたように声を失った。ちゃんとしていたら若くて美人だろうけど、兄の死をきっかけに認知症になってからは、もう母親の面影も役割も消え失せていた。

「あらあら、鷹ちゃん、今日は早いのね」

俺の怒鳴り声を聞いたばあちゃんが、腰を曲げたまま間に入ってきた。母親がその役目を放棄してからは、実際に俺の面倒を見てくれているのが、母親の母であるばあちゃんだった。

ばあちゃんは母親をキッチンに連れていくと、泣き崩れる母親をなだめ始める。もう何十回と繰り返されている日常だった。母親は毎日兄の死を忘れ、ばあちゃんによって兄の死を聞かされる。そんな繰り返しを続けているわけだから、まともになれと願っても無駄なのはよくわかっていた。

母親の泣き顔を横目で見ながら、洗面所に向かう。金髪を短くした髪はセットの必要はないが、眉毛と髭《ひげ》剃《そ》りだけは欠かせなかった。わりとイケメンだと言ってもらえる顔立ちだが、鏡の中の瞳は鋭く光りながらも、どこか淀《よど》んでもいた。

——相変わらず最低な顔つきだよな

鏡に映る自分の顔を見て、自虐の笑みがこぼれる。昔は、こんな不良になるとは想像もしなかった。優しく温かい両親と大好きな兄に囲まれた俺は、なに不自由なく真っ直ぐに毎日を楽しく過ごしていた。

だが、それも今では遠い昔のことだった。今となっては、眩《まぶ》しい過去の自分を思い出すのは苦痛でしかなかった。

「行ってくる」

朝食をとる気が失せた俺は、進路希望調査票を久しぶりに着た制服のポケットにねじこんで家を出た。当然ながら鞄といった類いはなく、ばあちゃんに無理言って買ってもらったスマホだけが相棒だった。

外に出ると、朝から真夏の日差しに目がくらみそうになった。ずいぶんと夜行性でいたから、太陽が大きくなったんじゃないかとかんちがいするくらい、明るく眩しく見えた。

「熊谷《くまがい》くん！」

なにが楽しくて毎朝登校しているんだと周りを馬鹿にしながら交差点に立ったとき、同じクラスの早川智輝《はやかわともき》に声をかけられた。

早川は、俺とは真反対のタイプの人間で、分厚い眼鏡がよく似合うチビの優等生だ。幼なじみということもあり、数少ない話し相手として仲よくしていた。

「どうしたの？　ひょっとして、真面目だった頃に戻ってくれたとか？」

「馬鹿、なに言ってんだよ。ちょっと学校に用事ができただけだ」

「え、用事って、まさか女の子に告白しに行くとか？」

「あほか、お前は」

相変わらず遠慮なしにまくし立てる早川に、俺は呆《あき》れてデコピンをお見舞いした。

誰も近づかこうとしない俺に恐れることなく接するのは、もはや早川ぐらいだろう。

「これを書いた奴《やつ》が誰なのか、担任に聞きに行くんだ」

額を押さえる早川に、ポケットに丸めた進路希望調査票を突き出した。

「このミスXって奴に、舐《な》めたマネしたお礼をしてやりたいんだよ。そうだ早川、こんなことしそうな奴を知らないか？」

まじまじと用紙を見つめる早川に、事の成り行きを説明する。学校から定期的に渡されるゴミの中に混ざっていた一枚。おかげで、怒りで寝つけず朝から行動するはめになってしまった。

「よくわからないけど、ただ、この東原総合病院って、たしか新田美優《にったみゆう》って女の子が入院してなかったっけ」

明らかに笑いを堪《こら》えている早川が、聞いたことのない奴の名前を口にする。笑おうとしたことにツッコミを入れつつ詳しく話を聞くと、どうやら新田美優は同じクラスの女子らしい。

「なんで入院なんかしてるんだ？」

「詳しくは知らないけど、なにか重い病気だったと思うよ。ずっと入退院を繰り返してるみたいだし、学校に来ても保健室通いだから僕もよく知らないかな」

早川の情報では、新田美優というのがどんな奴か詳しくはわからなかった。とはいえ、新田美優が俺に喧嘩《けんか》を売ってきたのは間違いなさそうだった。

「このミスXが書いた文字、ちょっと読みにくいのが気になるかな」

「どういう意味だ？」

「病気で入院しているなら、体調が悪いわけでしょ？　ってことは、もうまともに字も書けないほど弱ってるのかなって思っただけ」

早川の言う通り、書かれた文字は俺の汚い字よりも酷かった。ところどころ文字が掠《かす》れ、ちょっとブレた感じになっているのは、手に力が入っていない証拠かもしれない。

「で、そんな女の子の喧嘩を買いに行くの？」

「当たり前だろ。馬鹿にされて黙っていられるかよ」

「まあ馬鹿にしているというか、もっともな意見だと思うけどね」

隠すことなく笑い出した早川が、さりげなく俺を馬鹿にしてきた。もちろん、追加のデコピンを連打してやったが、早川の言うことも否定できない自分がいた。

「とりあえず、どんな女か見てくる。喧嘩を買うかはそのとき次第だ」

新田美優がどんな奴かはわからないが、とりあえず、どういうつもりで喧嘩を売ってきたのかだけは確認することにした。

「やっぱり、学校には来ないんだね？」

学校へと続く道で立ち止まった俺に、早川が小さくため息をつきながら聞いてきた。

「用事がなくなったからな。それに、どうせ行ったたって担任のハゲに帰ってくれと言われるのがオチさ」

「そんなことないよ。昔みたいにちゃんとしてたらなにも言われないと思うけど。ほら、子猫を助けたときのことを覚えてる？　あの頃の熊谷くんは自慢の幼なじみだったんだけどね」

「ああ、もうわかったからその話はよせ」

いつものように、真面目だった頃の俺の話を始めた早川を、無理矢理遮った。一年生のとき、俺は校庭にある木から下りられなくなった子猫を助けたことがあり、そのときの話を早川はまるで昔の俺を思い出させるかのように何度も口にすることがあった。

「気が向いたら学校には行くから」

尚《なお》もしつこく言ってくる早川に手を上げ、俺は病院へと進路を変えた。

早川の言いたいことはわかっていた。このままだと、どこの高校にも進学できないと言いたかったはずだ。

だが、もう今の俺は手遅れだと自分でも薄々感じていた。このまま情けで中学を卒業しても、待っているのはお先真っ暗な未来だけだろう。

そうわかってても、今の俺にはどうすることもできなかった。

なぜなら、兄が自殺してからの俺は、母親と同じように最低な日々の繰り返しだったからだ。


東原総合病院は、ヤンキーがまだ死語になっていない田舎の町にはふさわしくないくらい、最先端医療を受けられる病院だった。

といっても、今の俺にはどんな病院かはどうでもよく、二時間に一本のバスに揺られながら新田に会いに向かう。山を背にした田園風景の中に突如現われた巨大な建物に、俺は少しだけ気が引けた。意気揚々と殴りこみに来たつもりが、人の多さと病院という無機質な空気にのみこまれ、いつの間にか圧倒される自分がいた。

——さっさと文句言って帰るか……

気後れする自分を奮い立たせ、行き交う人の波に突入する。広々としたロビーの案内図を頼りに入院患者がいる病棟を目指したが、結局どこの部屋にいるのかわからなかった。

「君、どうしたの？」

半分諦めかけたところで、ナースステーションから若い看護師に声をかけられた。

なんと説明するか迷ったが、考えてもしかたがないので素直に新田に会いに来たことを告げた。

「美優ちゃんに会いに来たって、え？　ひょっとして、彼氏とか？」

「ちがうけど。ただの同級生」

新田の名前を出した途端、看護師の顔に驚きが広がるのがわかった。しかも、奥にいた看護師たちも興味津々に近づいてきたせいで、一気に居心地が悪くなった。

「ただの同級生ね。でも、面会は午後からだし、それに――」

俺の言葉を信用することなく勝手に彼氏と決めつけた看護師が、顔を曇らせながら言葉を濁した。面会が午後からというのはタイミングが悪かったが、どうやら言葉を濁したのはそれだけの理由ではなかったようだ。

「今、美優ちゃん面会謝絶なの」

「面会謝絶？」

「そう。ちょっと色々あってね」

明らかにはぐらかした看護師を見て、早川の言葉を思い出した。新田は重い病気で入院しているから、面会できないということは想像以上に体調がよくないのかもしれない。

「せっかくだから、ちょっとだけ会えるか聞いてみるね」

体調が悪いなら会わないほうがいいと思ったところで、看護師たちがなにかを相談しあいながら、なぜか俺を新田の病室に案内してくれることになった。

「美優ちゃんね、同級生が会いに来たのは初めてなのよ」

新田の病室に向かう途中、そう呟いた看護師が意味深な笑みを浮かべた。理由を聞くと、入退院を繰り返しているせいで友達がいないということらしい。そこに異性の同級生である俺が来たわけだから、看護師にしたら青天の霹靂《へきれき》ということだったようだ。

病棟の一番奥にある個室の部屋に、新田美優のプレートがあった。ドアには看護師が言った通り面会謝絶の札が付けられていて、無機質な病院の廊下にどこか寂しさを漂わせていた。

「ちょっと待っててね」

看護師は俺に待つように伝えると、新田の病室に入っていった。ひとり取り残された俺は、急に世界でひとりになったような寂しさを感じ、怒っていたことが馬鹿らしくなって熱が冷めていくのを感じた。

――こんなところにひとりでいるのかよ
落ち着かない気持ちで周囲を見ながら、新田がどんな奴か考えてみる。人の進路希望調査票にふざけたことを書くぐらいだから、それなりにイカれた奴だと思っていた。

だが、実際はどうだろうか。新田は、ずっと友達もできないまま入退院を繰り返し、こんな寂しい場所で過ごしている。たまに学校に来ても保健室通いだから、俺とはまたちがった異質な人生を歩んでいるのかもしれない。

そう考えていたところで、看護師が病室から出てきた。もはや会うのが馬鹿らしくなっていた俺に、看護師は困った顔で面会は無理みたいと助け舟を出してくれた。

「でも、メモのやりとりだったらなんだけど、ちょっとぐらいならいいみたいよ」

そう告げる看護師の手には、病院の雰囲気には似合わないカラフルなメモ用紙が握られていた。

どういうことかと目で訴える俺に、看護師はメモ用紙とボールペンを渡してきた。

「ドアの近くにいるから、返事を書いたらそこの隙間から渡して。そしたら、美優ちゃんがまた返事を書いてくれるから」

なにかが挟まる音が響いたドアには、換気用の隙間があった。磨《す》りガラス越しから中は見えないが、要するにドアを開けない代わりにその隙間を利用してメモのやりとりをしろってことらしい。

「また迎えにくるから。ゆっくりしていってね」

俺が引き受けるかどうか返事を聞くことなく、看護師はニヤニヤしながらナースステーションに戻っていった。

――くそ、なにがメモのやりとりだよ

アホらしくなった俺は、頭を掻《か》きながらペンを握りしめた。

「おい、新田美優。人の進路希望調査票にふざけたことしたのはお前なのか？」

メモのやりとりという面倒くさいことをする気がなかった俺は、直接話しかけることにした。

だが、返事はなかった。代わりに、換気用の隙間を叩《たた》く音だけが小さく響いた。

――ったく、こんな茶番に付き合えるかよ
再燃した怒りに身を任せ、換気用の隙間から中の様子を覗《のぞ》いてみる。車椅子のタイヤと、やけに細く白い脚が見えた瞬間、なぜか俺は落ち着かない気持ちになった。

回れ右して帰りたかったが、なんとなく帰るのがまずい気がしたせいで、しかたなく俺は渡されたメモに乱暴に目を落とした。

『校舎裏ではなく病院で愛の告白なんて、熊谷くんも大胆ですね』

掠《かす》れて弱々しい文字だが、内容はグーパンかましてやりたいレベルだった。ふざけんなよとドアを叩いてみたが、またしてもドアの隙間から音がするだけだった。

――なんなんだ？　こいつは
会ったことも話したこともない女。知っていることは、重い病に侵されていることと、やけに細く白い脚ということだった。

そんな奴がドアを隔てた先にいる。ドア越しに手紙のやりとりをする状況に普段なら怒りを感じそうなものを、このときはなぜか急いでメモになぐり書きしていた。

『ふざけんな。なにが愛の告白だ。俺は文句を言いに来たんだ』

なにを書くか迷いながらも、迷っていることが馬鹿らしくなり、結局ストレートに感情を書いてメモを投げ入れた。

滑り落ちたメモを、細長く白い腕が拾い上げる。一瞬見えた点滴の管が気になったが、それ以上に綺麗《きれい》な新田の手に、俺の胸が再びざわつき出した。

『それは失礼しました。てっきりドアの前でモジモジしながら愛の告白をされるかと思ってました』

『馬鹿かお前。てか死ねよ』

怒りに任せて書きなぐったメモを投げ入れる。想像以上にへんな奴だったことにペースを乱されたことにさえ、俺はイライラして我慢ができなくなっていた。

そんな俺に対し、新田の返事がいきなり止まってしまった。俺が書いた紙に返信を書くのだが、そのスピードは速いとはいえなくても遅いともいえなかった。

だが、今は完全に手が止まったかのように静かになり、俺は妙な不安を感じてしまった。

『言われなくても、私は間もなく死ぬと思います』

ようやく返ってきたメモ用紙には、これまでで一番か弱い文字が書かれていた。しかも、よく見るとなにかで濡れたようにところどころ文字が滲《にじ》んでいた。そのなにかというのは、ドアの向こうのすすり泣く声でわかった。

――しまった。重病だって知ってたのに、なんであんなこと書いてしまったんだ
怒りに任せて傷つく言葉を投げつけていたことに気づいた俺は、苛立《いらだ》ちが一気に冷めて頭を掻きながら自己嫌悪に陥るしかなかった。

『悪かった』

そう書くのに、途方もない時間が流れたような気がした。もう文句を言うこともどうでもよくなり、俺は今すぐにでもこの場を立ち去りたくなっていた。

気が遠くなりそうなほど酷くゆっくりと時間が流れたあと、ようやく届いた新田からのメモをひったくるように手にして開いてた。

『私を、お前ではなくちゃんと美優と呼んでください。呼んでくれたら許します』

書かれた内容から、新田がさほど怒ってないことはわかった。だが、ホッとする間もなく出された提案に頭を抱えるしかなかった。

気恥ずかしい気持ちが勝り、どうするか迷う俺を、新田が急かすようにドアをノックしてきた。

「美優、でいいのか？」

顔が熱くなるのを感じつつ、うらがえりそうな声で名前を口にする。なんでこんな

ことになったのかと自問自答するのも馬鹿らしくなったが、微《かす》かに「ありがと」と消え入りそうな声がして、俺の胸のざわつきは鼓動の乱れに変わっていった。

そこからは、ぎこちなさもすこしだけ薄れたこともあり、次第に話題は互いのことになっていった。

美優は、小学校の半ばまでは元気にしていたらしいが、病気を発症して以降は大半の時間を病院で過ごしてきたという。元々隣町に住んでいたが、小学校を卒業する前に本格的に病状が悪化したことで、この町に引っ越してきたとのことだった。

『熊谷くんはどんな人ですか?』

当然の流れとして、美優は俺のことをたずねてきた。彼女にしたら、ごく自然な興味本位かもしれないが、俺には答えるのが億劫《おっくう》になるくらいにつらい質問でもあった。

俺に関していえば、生まれつき体が悪いわけでも家庭環境に恵まれなかったわけでもない。優しい両親と、十歳離れた大好きな兄がいた俺は、今のように落ちぶれる要素もなかった。両親は俺のやりたいことは常に応援してくれたし、俺も兄のようになろうとあらゆることに全力を尽くしていた。

だが、順調だったはずの俺のすべてが変貌したのが、兄の死だった。大学卒業後、大手の会社に就職した兄は、両親はもちろん俺にとっても自慢で憧れの存在だった。

なのに、兄が自殺したのは二年前のことだった。入社して一年、仕事には慣れたと笑いながら電話してきた兄は、その直後にマンションから飛び降りてこの世を去っていった。

順風満帆だった兄の人生。名の知れた高校大学を卒業し、なにより俺にとっては一番身近なヒーローでもあった兄。その兄が亡くなってからは、俺の家族は壊れたといってよかった。

兄が自殺した理由について、会社はもちろん、会社の同僚も口を閉ざしたままだった。残された遺書に綴《つづ》られた『ごめんなさい』というたった一言の文字では、兄になにが起きたのか知ることもできなかった。

兄の死後、母親は認知症を発病して精神的にまいってしまった。頼りの父親も精神的に限界だったのか、一年前に蒸発して以降、音信不通になっていた。

『俺は、学校にも行ってないクズ野郎だ』

つらい過去の記憶に気分が沈んでいた俺は、偽ることなく気持ちを文字に乗せた。受け取った美優はきっと笑うだろうと思ったが、意外にも声ひとつ発することなくメモを返してきた。

『熊谷くんはクズではありません。熊谷くんは、私に会いに来てくれました。それは、私にとってとても嬉しいことです。誰かを喜ばすことができる人に、クズはいないと私は思います』

今日一番の力強い筆跡の文字に、俺は気落ちしていた感情が軽くなるのを感じた。不良や落ちこぼれと陰口を叩かれるようになってからは、人になにかを認められることは一度もなかった。

なのに、顔も知らない同級生に自分が肯定されたような気がして、俺はつい笑って胸の高ぶりを誤魔化すしかなかった。

『美優は、どうして俺の進路希望調査票にあんなことを書いたんだ？』

やりとりも一段落したところで、俺は気になっていたことをたずねてみた。

『それは、今はまだ秘密にさせてください』

またへんな言葉が返ってくるかと思ったが、意外にも、美優の言葉はあっさりしたものだった。おかげで余計に気になったが、なんとなく美優の力強い意志が感じられたこともあり、それ以上は追及するのをやめた。

代わりの話題を考えかけたところで、ナースステーションから看護師が来るのがわかり、俺はいつの間にか一時間以上もやりとりしていたことに気づいた。考えてみたら、時間を忘れてなにかをやることも、今の俺にはなかったことだった。

『また、会いに来てくれますか？』

やりとりの終わりを察したのか、美優は最後のメモにそう添えてきた。

『気が向いたらな』

気のきいた言葉も浮かばず、そもそも気取る必要があるのかと自虐的になった俺は、看護師にやりとりの内容を盗み見られる前に一言だけ書いて、メモを隙間に投げ入れるしかなかった。

俺の活動時間は主に夜が中心だ。昼間は家でニートになり、夜になると仲間からの連絡でいつものたまり場に顔を出す。べつになにかをやるわけでも、なにかが得られるわけでもない。ただ流れる水に浮かんだ葉っぱのように、俺は意味のない時間をだらだらと過ごしていた。

そんな日々を変化させたのは、美優との出会いだった。相変わらず顔を合わせることはなかったが、俺は何度か彼女のもとを訪れるようになっていた。

彼女のもとに行ってやることはメモの交換だけだったが、他愛のない世間話から互いのことまで、いつの間にか美優と呼ぶことに抵抗がなくなるくらい、どうでもいい話をやりとりしていた。

その結果わかったことは、彼女はもうずいぶんと外に出て誰かと遊んだことがないことだった。そのせいか、一度でいいからまた外に出て自由に活動してみたいとよく書いていた。

その気持ちに、俺はまたしても軽はずみでやりたかったらやればいいと書いてしまった。返事は、外に出ることもままならない状況だと冷たく突き返され、俺は自分の馬鹿さ加減に呆れることもあった。

「鷹広くん、なんか浮かない顔してるね」

駅裏の駐輪場にたむろしていた俺に、よその中学の奴が話しかけてきた。たむろしている連中の大半は学校もちがうし年齢もちがう。そのため、名前もよく知らないような奴もいたりするが、それでもなんとなく集まってはどうでもいい話をだらだら続けていた。

「べつに、ただダルいだけ」

先日盗んだブランド物のキャップをうちわ代わりにしながら、俺は繁華街の喧騒《けんそう》をのみこむ空を見上げた。

ダルいと言ったことは間違いないが、その理由はこうした集まりのくだらなさに対してではなかった。なぜか知らないが、俺はずっと美優を傷つけたことばかりをぼんやりと考えていた。

「そうなんだ。でもさ、今日は長谷川《はせがわ》先輩が来るらしいよ」

話しかけるなオーラを出しているはずなのに、こいつはお構いなしに話を続け始めた。俺と同じように盗品のジャージで身を固めたこいつは、見た目からしたら俺と同じ年に見える。金髪の俺に対して、赤髪をモヒカンにした姿は、一般人なら土下座されても関わりたくないだろう。

「どうせ、また窃盗の指示だろ。くそ、マジで自分でやれっつうの」

長谷川先輩の名前に嫌気がさした俺は、一気に気分が重くなった。

田舎町で不良をしていれば、先輩との関係は切っても切れないものがある。普段は上下関係などあまり口にしない先輩たちも、犯罪の話になると急に先輩風を吹かせて偉そうにするのが常だった。

「べつにいいじゃん。成功報酬も貰《もら》えるし、ビビッてる連中よりもデカイ顔できるしさ」

これみよがしに煙草《たばこ》を吸い出したモヒカンが、近くにいた奴に空のパッケージを投げつける。投げつけられた奴は、愛想笑いを浮かべるだけでなにもしてこなかった。

「けどよ、だからといって犯罪の使いっぱしりじゃ報われないよな？」

「なに？　どうしたの急に。まさか真面目になろうとか思ってない？」

「馬鹿、そんなんじゃねえよ。ただ、俺たちはさ、なんのために生きてるんだろうなって思っただけ」

興味津々に食いついてきたモヒカンの頭を叩きながら、俺は自分でもらしくない発言をもらした。

「なんのためにって、そんなの考える必要なくない？　俺はこうして馬鹿やってるだけで充分楽しいけどね」

頭を叩かれたモヒカンが反抗的な目で睨《にら》んできた。その態度に頭にきた俺は、続けて拳をお見舞いしてやった。

「馬鹿やりたくてもやれない奴は、どうしたらいいんだろうな」

俺がキレたことに気づいたモヒカンが、早々に戦意を失って謝ってくる。そのくだらないやりとりに辟易《へきえき》した俺は、またしてもらしくない言葉を呟《つぶや》いてため息をついた。

「来たよ、長谷川先輩」

改造バイクに女を乗せた長谷川先輩が、ロータリーにいた連中をからかったあと、真っ直ぐに俺たちのもとにやってきた。

「いつものとこで、これをよろしくな」

俺たちの盗品であるブランド品で身を固めた長谷川先輩が、煙草に火をつけながらメモ用紙を渡してきた。メモにはスポーツ用品店を中心に、ターゲットとなる盗品のお品書きが記されていた。

モヒカンがメモを受け取り、犬のように長谷川先輩にすり寄っていく。ただのクズでしかないモヒカンにとったら、同じく無職で少年院出の長谷川先輩はヒーローのような憧れの存在だろう。

「じゃ、行こうか」

盗難したスクーターに乗りこんだモヒカンが、後ろに乗れと促してきた。わずかな罪悪感を胸に抱きながらも、俺はリュックを背負ってモヒカンの背に体を預けた。

仲間に手を振られ、夜が始まり出した町並みへ向かっていく。風に揺れる風景を眺めながら、運転しているモヒカンの名前はなんだったか思い出そうとしたが、結局面倒くさくなってやめた。


家でも学校でも好き勝手している俺にも、目の上のたんこぶというのがある。今日も学校に行かずに部屋で寝転んでいたら、電話がかかってきた。

『鷹広、今すぐ家に来るんだ』

いつものように、じいちゃんは用件だけを告げて電話を切った。断る理由を考える暇さえなかった俺は、壮大にため息をつきながらベッドの上に寝転がるしかなかった。

――面倒くさ。また説教かよ
ベッドの上で寝返りをうちながら、じいちゃんからの呼び出し用件を考えてみる。

じいちゃんは父親の父であり、熊谷の名字が似合うほどの大柄な男で、最悪なことに元警察官でもある。長年、刑事として凶悪犯を相手にしてきたせいか、顔立ちはいかつい上に眼差しも一般人とは言えなかった。その厳しい眼差しをいつも俺に余すことなく注ぎこんでくるわけだから、俺にとっては小さい頃から苦手な存在でしかなかった。

そのじいちゃんからの呼び出し。これまでいい内容だった試しは一度もなかったから、今回も内容は考えるまでもなかった。

――マジでついてねぇ

呼び出しを無視しようかと考えたが、無視したら袋叩きにあうのは目に見えていた。おかげで、しかたなく昨日盗んだスニーカーを箱から出して履き、家を出た。

じいちゃんの家は、俺の家から十分くらいのところにある。中学の入学祝いに兄から買ってもらった自転車で向かうと、じいちゃんの無駄にでかい家が見えてきた。

玄関脇に自転車をとめ、吹き出た汗をタオルで乱暴に拭う。どこかの修行僧かよと言いたくなるくらい、じいちゃんはクーラーをつけてないことが多い。この暑さでポックリ逝ってもらうのは大歓迎だが、それよりも先に俺が旅立ちそうで頭が痛かった。

「じいちゃん、いる?」

じいちゃんの風格を表わすかのような重いドアを開けると、意外にも冷たい風が火照《ほて》った体を冷ましてくれた。ついにじいちゃんも夏には負けたかとすこしだけ哀れに思いかけたが、突然現われた作業着姿のじいちゃんに冷たく睨まれ、哀れに思うのは間違いだと気づいた。

「今、冷たいものを持ってくる。そこに座ってろ」

じいちゃんが顎で畳の部屋を示したあと、キッチンへと消えていった。冷たいものという単語を聞き間違えたかと思ったが、冷蔵庫を開ける音がしたから聞き間違えではなかった。

俺の中では取調室になっている畳の部屋に入ると、微かに線香の匂いがした。襖《ふすま》の奥にばあちゃんの仏壇があるのを思い出し、会ったことのないばあちゃんに、無事に帰れることを祈った。

「食うか？」

畳の部屋に戻ると、じいちゃんがカップのアイスクリームを用意していた。今年の夏は油断できないとニュースにあったが、どうやらその情報は間違いないようだった。

じいちゃんがアイスクリームをスプーンですくうという偉業を見届けながら、俺も対面に座ってアイスクリームを口に運んだ。

「話ってなんだよ？」

雰囲気からして怒っている感じはなかったから、それとなく様子を窺《うかが》いながら探りを入れてみた。

「お前、本当にこのままでいいのか？」

「あ？」

「お前、自分にリーチがかかっているのはわかっているよな？　いくら俺の孫とはいえ、次は本当にないのは知っているだろ」

突如鋭さを増したじいちゃんの声に、体と頭が反発するように熱くなった。じいちゃんの言うリーチとは、少年院に入るかどうかの瀬戸際を示していた。

世間では少年法は甘いといわれているが、俺にとってはじいちゃんよりも硬い石頭のようなイメージしかない。ちょっとした犯罪でも、少年というだけで厳格な手続きが適用されることがあるし、情けが適用されない場合も多い。大人が酔って喧嘩しても、場合によっては事件化しないこともあるが、少年がやれば問答無用で家裁送致になることもあるし、下手したら一発で鑑別所行きも免れないこともある。

そうした背景があるから、一度警察に睨まれると少年院行きも他人事《ひとごと》ではなくなってくる。正直なところ、少年院に行って箔《はく》をつけるとか言う奴のことが信じられなかった。実際に少年院に行った先輩たちを見る限り、デカイ顔をできるのは仲間内だけの話であり、その生活は悲惨の一言だった。

だから、誰もが少年院ぐらいと強がりながらも、その世界に堕《お》ちるのを恐れている。少年院に入るか入らないかは、ひとつのデッドラインだ。その線を越えた先に待っているのは、断崖絶壁を登るしかない地の底だけだった。

「リーチがかかっているのは知ってる」

じいちゃんを睨みながら、俺は恐怖に蓋をするように強がってみせる。実際、先月に生活安全課の少年係から、次はないからなと最終通告を受けたばかりだった。

「だったら、今のうちに変わるんだ。お前のいいところは物事を素直に考えられるところだから、今は俺の話を黙って聞いておくんだ。お前の気持ちはわからなくはないが、どんな理由があろうが、結局はやったことはすべて自分に返ってくるということを忘れるな」

「ったく、またその話かよ。ていうか、そもそも変わるってなんだよ」

「まともになれってことだ」

じいちゃんの言葉に、俺の中にある怒りのスイッチが反応した。いつもの説教がまた始まっただけなのだが、俺はまともになれという言葉を聞くと、自分でも怒りをおさえられなくなってしまうのだ。

「まともってなんだよ」

「あ?」

「まともになれって、まともに生きた兄ちゃんはどうなったんだよ！」

声を荒らげてじいちゃんを睨みつけた。「鷹広！」と怒鳴るじいちゃんの声が聞こえたが、もう自分を止めることはできなかった。

「まともになれって、もううんざりなんだよ。兄ちゃんが死んだとき、大人たちはなにをやった？　警察は自殺としてさっさと終わらせ、兄ちゃんの会社の奴らは目をそむけて知らんふりしやがったじゃないか。クソオヤジもどっかに消えやがったし、母ちゃんはぶっ壊れたままだ。それもこれも、みんなじいちゃんが言うまともな大人がやったことじゃないのかよ。それでも、まともになれって言うのかよ！」

感情に任せて声を上げると、なぜか目頭が熱くなってじいちゃんが滲んでいった。涙を乱暴に右手で拭いながら、俺は荒れる呼吸を静めるように下を向いてじいちゃんから目を逸《そ》らした。

すべてが壊れていいと思っていた。こんなくだらない世界なら、生きててもろくなことはないと本気で思っていた。

兄がなぜ死んだのか。その理由のひとつも解明できない大人たちと共存するくらいなら、本気で死んだほうがマシだと思っていた。

「兄ちゃんは死んだんじゃない。じいちゃんが言うまともな大人たちに殺されたんだよ。じいちゃんも元刑事なら、なんで捜査してくれなかったんだよ！」

最後は怒りをじいちゃんにぶつけて、俺はじいちゃんの呼び止める声を無視して家を飛び出した。

むしゃくしゃした気分のままいつものたまり場に顔を出すと、相変わらず見たような見たこともないような連中が、近所の連中から迷惑そうな顔を向けられていた。

その輪の中に入り、とくになにをするわけでもなくぼんやりと連中たちを眺めてみる。仲間や友達と呼べるか微妙な関係だが、どうでもいいやりとりしかしていないから、多分普通の友達関係とは呼べないだろう。

「鷹広くん、また憂鬱モード？」

なにをすることもなくスマホをいじり始めたところで、モヒカンがにやけた顔で声をかけてきた。なにかいいことがあったのか知らないが、俺の近づくなオーラを無視して隣に座りこんだ。

「お前はやけに上機嫌だな」

「わかる？　実はさ、長谷川先輩に女の子を紹介してもらったんだよ。この前、無理して時計をパクって正解だったよ」

上機嫌に語るモヒカンが、輪の中にいる女の子を指さした。金髪に極端なミニスカートの女の子が手を振り返したのを見て、俺はどっと疲れが肩にのしかかってきた。

「お前、あの店で時計をやるのはやめとけと言ったよな？」

苛立ちを声に含めてモヒカンにぶつけると、モヒカンの顔から笑みが消えた。

「なんで？　べつにいいじゃん」

「馬鹿、あの店は高額商品をシリアルナンバーで管理してるかもしれないって言っただろ。ったく、パクった物は大丈夫なんだろうな？」

「それは大丈夫だよ。いくら俺でもそこまで馬鹿じゃないから」

不満顔のモヒカンが、いつにもなく声を荒らげた。彼女の前ではいきがっていたい気持ちはわかるが、その短絡的な考えのおかげで警察に捕まるのはごめんだった。

「もし、長谷川先輩が盗品の時計をつけた状態で職質されてみろ。シリアルナンバーがあったら、俺たちは芋づる式で逮捕されるんだぞ。お前も、自分がリーチかかっていることぐらいわかってるよな？」

基本的に、警察の職務質問からは逃げることができない。特にやましいことがある場合、警察がそれを見逃すことはありえないからだ。万一、調べたら一発でわかるような盗品を所持していたら、警察が追及の手をゆるめることなど皆無に等しかった。

それに、これまで捕まった大半のきっかけは警察の職務質問だった。仲間のひとりが職務質問によって連行されると、あとは芋づる式に関与した連中が逮捕されることになる。どんなにいきがっている奴でも、取調室に入った途端に泣きながら洗いざらい喋《しゃべ》るのがオチだから、仲間とはいえ一切信用はできなかった。

「わかってるよ。俺だって、次は少年院行きだってことぐらいわかってるから」

鼻息を荒くしていたモヒカンの声が、オオカミを前にした羊のように震え出した。

この調子だと、盗品にシリアルナンバーがあるのは五分五分といった感じだった。

「話は変わるが、お前はいつまでこんなことをやるつもりだ？」

シリアルナンバーがあるかどうか考えたところでどうにもならないことをさとった俺は、しかたなく無理矢理話題を変えた。

「またその話？」

「どういう意味だ？」

「この前も言ってたよね？　なんのために生きてるのかって。ねえ、鷹広くん、最近どうしちゃったの？」

俺の小言が終わったことに安堵《あんど》したのか、モヒカンが煙草に火をつけながら固くした表情を弛《ゆる》ませた。

「どうって、別に」

「いや、絶対へんだよ。いつもはさ、触れたらぶっ飛ばすみたいなオーラ全開なのに、ここ最近、なにか悩んでいるようにしか見えないんだけど」

モヒカンの言葉に、なぜか反論する言葉が喉《のど》に詰まってしまった。言われてみたら、たしかにここ最近はなにか考えていることが多いような気がした。

その原因として真っ先に思い浮かんだのは、美優の存在だった。顔も見たことのないただの同級生。メモのやりとりを何度かしただけなのに、なぜか彼女のことがいつも気になってしかたがなかった。

「なあ、お前は間もなく死ぬってなったらどうする？」

モヒカンの絡みはうざかったが、ふと、思いついた疑問が頭から離れなくなったせいで、つい言葉がもれてしまった。

「なに？　鷹広くん間もなく死ぬ気なの？」

「馬鹿、死ぬわけないだろ。いいから茶化さずに答えろよ」

「わかったよ。死ぬのがわかってるとしたら、俺なら大金盗んでいい女と派手に遊び回るかな」

モヒカンの罪悪感ゼロの欲望丸出しの答えに、俺は「だよな」と同意して笑った。

「けどよ、もし、体が不自由だったらどうする？　やりたいことがあってもできないまま死ぬとしたらどう思う？」

「なにもできずに死ぬのは嫌かな。俺だったら意地でもどうにかするかな」

なんのひねりもないモヒカンの答えに、俺は質問したこと、イカれたモヒカンならなにかとんでもない答えを出すんじゃないかと期待したことも後悔した。

「あいつら、本当に馬鹿だよな」

「え？」

「ここにいる連中のことさ。馬鹿みたいに強がって、本当は弱いくせに偉そうにしやがって。マジで全部ぶっ壊したくなる」

ロータリーで騒ぐ連中の甲高い声に耳が痛くなった俺は、苛立ちを隠すことなくモヒカンにぶつけた。

時々、ふとした瞬間になにもかもぶち壊したくなるときがある。家、学校、仲間といった俺を取り囲むすべてをぶっ壊したら、この世界は消えてなくなるんじゃないかと思う瞬間が最近は増えた気がした。

「そうなんだ。でもさ、鷹広くんも一緒じゃん」

「あ?」

「なんかさ、俺はちがうみたいな雰囲気出してるけど、鷹広くんも充分ここにいる連中と同じだと思うけど」

モヒカンが煙草を投げ捨てながら立ち上がると、感情も抑揚もない声で吐き捨ててきた。

その言葉に苛ついた俺は、立ち上がってモヒカンの胸ぐらを掴《つか》もうかと考えた。

だが、結局はできなかった。

俺を見下ろすモヒカンの哀れんだ瞳のどす黒さに、俺は言葉を返すこともできずに目を逸らすことしかできなかった。

その日の夜、俺は美優に会いに行った。面会時間が何時までかはわからなかったが、あと三十分は面会できるらしく、いつもの無機質な廊下を小走りで病室に向かった。

「美優、いるか？」

耳鳴りがするほど静まりかえっているせいか、自然と美優を呼ぶ声も小さくなる。

だが、それでも俺の声に気づいたようで、車椅子のタイヤの音がドアに近づいてきた。

——待っていたのか？

名前を呼んだと同時に車椅子の音がしたということは、美優は既に車椅子に乗っていたのだろう。そう考えると、美優はひょっとしたら俺を待っていてくれたような気がして、ごちゃ混ぜになっていた胸の内がすこしだけ軽くなった気がした。

『こんな時間に珍しいですね。でも、時間外のプレイは割増と相場は決まってますよ』

渡されたメモを読み、「なんのプレイだよ」とツッコミを入れる。だが、このズレた感覚が妙に懐かしい感じがして、俺は笑わずにはいられなかった。

『仲間とたむろってたけど、つまんなくて来た。ただの暇潰し』

一瞬、美優に会いに来たと書きかけて、慌てて取り繕いの言葉にさし替えた。会いに来たと書こうとした自分が恥ずかしくて、いつも以上に汚い字になってしまった。

『仲間がいるのは幸せなことですよ。私は、熊谷くんと仲よくなれてそう実感してます』

『そうでもない気がするが、てか、いつ俺が美優と仲間になったんだ?』

『酷い人ですね。人目を忍んであんなことやこんなことをしたのを忘れたんですか?』

『てか、やってねえし。人に見られたら恥ずかしいことを書くなよ』

相変わらずのノリの美優にツッコミを入れてやると、初めてドアの向こうから微かな笑い声が聞こえてきた。

——綺麗な声だな
これまで美優の声を聞いたのは、数えるほどしかなかった。いつも消え入りそうな声だったが、今日は微かでもはっきりと笑った声が聞けたおかげで、再び俺の胸の中がざわつき始めた。

『熊谷くん、なにかありましたか?』

ドアの向こうにいる美優を近くに感じられた気がしていると、予想外の質問を渡された。どういうことかと考えてみたが、考えたところでわかるはずもなかったから、俺は『?』と書いて渡した。

『別に大したことではありません。ただ、いつもと様子がちがうような気がしたものですから』

返ってきた言葉に、俺は腕を組んで低くうなった。どうやら自分では気づかないうちに、俺はいつもの調子とやらを失っていたらしい。

『実は、色々と迷っている』

どう繕うか考えてみたが、それよりも素直に自分の気持ちを晒《さら》してみることにした。どうせ美優は他の誰かと会うこともないし、俺の馬鹿話にも適当に付き合ってくれるという期待もあった。

『なにを迷っているんですか?』

『このままだと、俺はどうなるんだろうなって時々考えている』

『どうしてそう考えるのですか?』

『俺は学校にも行ってないし、実は少年院行きにもリーチがかかっている。美優は知らないと思うが、少年院に行ったら将来は絶望的になるんだ。中には這《は》い上がってまともになる奴もいるが、そんなの一握り中の一握りだ。大半が日の当たらない日陰の中で、また悪さを繰り返すのがオチだ。だから、時々考えるんだよ。俺はなんのために生きてるんだろうなって』

書き出した瞬間から手の勢いが止まらなくなり、気づくと情けないようなことを書いていることに気づいた。

——馬鹿か、俺は
書き終えたメモをグシャグシャに握りしめる。だが、結局俺は適当に広げなおして美優に渡すことにした。

美優はどんな反応をするだろうか。自分に会いに来た人間が、やっぱりろくでもない不良だと知ったら、彼女は俺のことをさけるようになるかもしれなかった。

そんな一抹の不安を抱える中、時間だけがやたらとゆっくり流れていった。どんな反応をするのか気になってしかたない俺に、ようやく返事が来たのは五分ほどしてからだった。

『なんのために生きているかは私にもわかりません。ただ、私は間もなく死ぬということだけはわかっています。そんな私でも、ひとつだけ心の拠りどころにしているものがあります』

『心の拠りどころ?』

『そうです。私は、死ぬのがわかっていながらも、ずっと抱いていたものがあります』

『それはなんだよ?』

『希望です』

薄く弱々しい文字のくせに、その言葉からはなぜか力強いものを感じた。美優がどんなつもりで書いたかはわからないが、少なくとも俺を不良とわかって塩をまくことはないようだった。

『希望って、どんな希望を持っていたんだ?』

『好きな人に会いに行くことです。私も年頃の女の子ですから、恋というものをしたいと思っていました』

またしても予想外な言葉に、俺はどう反応していいかわからずにから笑いするしかなかった。それを美優は馬鹿にされたとかんちがいしたのか、小さなうなり声がドア越しに聞こえてきた。

『で、好きな人に会えたらなにをするつもりなんだ?』

『海を見に行ってみたいと思っています』

『海が好きなのか?』

『いいえ、海が特別好きというわけではありません。ただ、私が好きな人は海のように心が広い人なんです。ですから、その人と海を見てみたいと思っていました。ですが、今のその人は海どころの話じゃなくなってますけどね』

渡されたメモを見て、俺は内容を理解できなかった。とりあえず好きな人はいるようだが、どうやらそいつはわけありということだけは、なんとなく伝わってきた。

『こんな私でも、しぶとく希望を抱いているんです。今も希望を持つことで、私はつらい現実をなんとか楽しく乗り越えています。だから、熊谷くんもなにか希望を持つといいですよ』

美優の文字を目で追いながら、ふと、進路希望調査のことを思い出した。彼女にしたら、希望は生きていく過程で大切な心の支えだ。だから、希望を馬鹿にしたような俺に噛みついてきたのかもしれない。

『叶うといいな』

『半分は叶ってます。あとは、熊谷くんが私を怪人二十面相のようにさらって海に連れていってくれれば、ミッションはコンプリートします』

ちょっと迷いのあるような弱い文字だったが、美優のメモにははっきりと彼女の気持ちが書かれていた。

——ちょ、どういうことだ?

突然の展開にプチパニックになったところで、タイミングよく看護師が面会時間終了をしらせにやってきた。

『また来るから』

なにをどう書いていいかわからなかった俺は、とりあえず書きなぐりのメモを渡すと、逃げるように病院から去っていった。


翌日、昼間からモヒカンの鬼電で目を覚ますことになった。普段、電話で話すことは皆無なだけに、電話があったことに嫌な予感しかしなかった。

寝ぼけた頭を無理矢理覚醒させ、モヒカンに電話をかける。コール音も鳴らずに電話に出たモヒカンは、明らかにいつもの調子ではなかった。

「やばいよ鷹広くん、警察が仲間をパクりまくってるらしいよ」

慌てた口調で語るモヒカンの言葉に、一瞬で背筋が寒くなっていった。せり上がった鼓動に喉が潰されそうになったが、なんとか声を絞り出して状況を確認した。

モヒカンによると、半年前の集団暴走の件で一斉検挙が始まっているらしく、既にメンバーの大半が逮捕されているとのことだった。

「お前、あいつらに盗品売ってないよな?」

「俺は大丈夫だよ。鷹広くんはどうなの?」

「俺も問題ない」

その答えに安堵したのか、モヒカンの長いため息が聞こえてきた。

「とにかく、しばらくは大人しくしとけよ」

俺もモヒカンも集団暴走には絡んでいないとはいえ、警察の狙いが集団暴走だけかはわからない以上、しばらくはなにもしないほうがよさそうだった。

スマホを握りしめながら、冷や汗と脂汗にまみれた体をベッドに沈める。毎回こうした事態に直面する度、自分のことが心底嫌いになっていく。なにもかもどうでもいいと口にしながら、いざ警察の影が近づくと、途方もない恐怖に震える自分が嫌でしかなかった。

――ほんと、最低な人生だよな
天井を見上げながら、ろくでもない自分の人生を振り返る。といっても、なにかを積み上げてきたわけでもなく、ただ浪費してきただけの時間があるだけだった。なにかを得るのは大変だが、失うのは笑えるくらいに簡単なことだから、気づくと奈落の底へのリーチがかかっているのが今の俺だった。

だから、心の中ではどうにかしたいと願う自分がいた。いよいよ本気で警察が来るのではと思う度に、こんな生活から抜け出したいと思うことは一度や二度ではなかった。

だが、実際に抜け出すためになにかをしたことはない。そもそも、なにかというのがわからないのだから、結局は堂々巡りのすえにいつもの日常に戻るのがオチだった。

一瞬で気分が重くなった俺は、考えるのも嫌になって狭いベッドの上でただただ猫のように背中を丸めるしかなかった。


ひとりの寂しさに耐えられず、しかたなく俺は美優に会いに行くことにした。だが、いつもの病室から彼女の気配が感じられなかった。やけにひんやりとした廊下で、俺はネームプレートのない部屋をぼんやりと眺めていた。

――まさか、いや、そんな

不意によぎる嫌な予感。人の気配も音もない部屋から漂う雰囲気に、俺は初めて不安で力が抜けるという感覚を味わった。

「彼氏、どうしたの？」

呆然《ぼうぜん》としていたところに、若い看護師が声をかけてきた。上手く言葉を発することができない俺は、暗い底に落ちていくような感覚の中、ただ美優がいた部屋を指さすしかできなかった。

「ああ、ごめんごめん。美優ちゃん、部屋が移動になったの」

俺の様子に気づいたのか、看護師が笑いながら事情を説明した。どうやらナースステーションに近い部屋が空いたことで、そっちに移動になったという。

「いつも怖い顔してるくせに、泣きそうな顔はかわいかったぞ」

意味深な笑みを浮かべた看護師が俺の背中を叩くと、移動先の部屋を案内してくれた。

「ごゆっくり～」

最後までからかい気味の看護師を恨みを込めて睨みかえしつつ、改めて美優の名前を呼んでみた。

すぐに聞こえてきた車椅子の音に、なぜかホッとする自分がいた。と同時に、寂しくて会いに来たという事実が急に恥ずかしくなってきた。

『なんだか、看護師さんと楽しそうですね』

最初に送られてきた文から、なぜか妙なトゲを感じた。一瞬、怒っているのかと思いつつも、理由を考えるのが面倒くさくてスルーすることにした。

『今日、先生にお願いをしてきました』

いつもの雑談のあと、美優はかしこまったかのように話題を切り替えてきた。

『お願い？』

『私が亡くなったら、臓器提供をしたいと思ってます。色々と考えたのですが、心臓だけでも誰かにおすそわけしたいと思うんです』

しばらくの間のあと、渡されたメモを読んで息が詰まりそうになった。美優が深刻な病にあることはわかっていたが、こうもはっきりと死ぬことが予想されているということに、声にならない怖さがじわじわと体中からわき上がってきた。

『心配しないでください。べつに悲しいことではないんです。私は、もう自由に外を出歩くことができません。ですから、せめて私の一部だけでも自由な世界を楽しめたらと思ったんです』

どう返事を書くか迷っている間に、追加のメモを渡された。美優の考えでは、もう外を出歩くことは不可能だから、せめて自分の一部だけでも自由な世界をと願っているようだった。

――なんだかな

美優のメモを握りしめながら、俺は目の前の現実に対して言葉にならないやるせなさを感じた。これまで、当たり前に生きて自由に体が動くことを不思議に思うことはなかった。

だが、この世界には美優みたいな運命の人が実際にいる。若くして亡くなる人や、満足に動けなくなる人がいるという当たり前のことを、あらためて現実だと思い知らされた。

『どうかしましたか？』

俺が返信しないことに焦《じ》れたのか、美優が次のメモをよこしてきた。

『いや、なんでもない。ただ、美優は強いんだなって思っただけ。それに比べたら、俺はどうしようもなく弱い奴だと思う』

慌てて返事を書いたせいか、つい自分の弱音が文字に出ていた。なにを血迷っているんだと自分が馬鹿らしくなったが、なぜかこのときばかりは、美優に弱音を吐いてみようと思えてしまった。

『このままだと、俺は間違いなく悲惨な人生を送ると思う』

おさえきれない感情に背中を押されるように、俺は誰にも口にしたことのない弱音を文字にしていった。

亡くなった兄のことや、自分を認識しない母親のことなど、自分を取り巻く環境や未来への不安を、躊躇《ためら》いを捨てて書きなぐっていく。気づくと頬が濡れて、汚い俺の字が涙で滲んでいた。

『だから、時々迷ってしまうんだ。俺はなんのためにここにいるんだろうなって。誰からも必要とされてないし、家族もきっと兄ちゃんじゃなくて俺が死ねばよかったと思っているはずだ。だから、そんな現実がつらくて、逃げるように感情に任せてどうしようもない馬鹿ばっかりやっているんだ』

一通り書きなぐったあと、俺は声を殺してメモを美優に渡した。口を開くと泣き声をもらしそうで、俺はただ静まりかえった病院の廊下に崩れ落ちるしかなかった。

「熊谷くん」

しばらくして、メモの代わりに俺を呼ぶ声が聞こえてきた。顔を上げると、ドア越しに磨りガラスを叩く音が小さく響きわたった。

「美優?」

慌てて立ち上がると、長い髪をした美優がドア越しに立っているのが見えた。

「おい美優、大丈夫なのか?」

ゆらゆらと揺らめく美優のシルエットからは、とても大丈夫そうな気配は感じられなかった。心配で声をかけると、美優は絞り出すような声で「大丈夫だから」と繰り返した。

「私は、熊谷くんを必要としてますよ」

「え?」

急に美優が立ち上がったことに驚きつつ心配していると、微かに美優の震えた声が聞こえてきた。どうやら彼女は、メモではなく力をふり絞って声で伝えようとしているようだった。

「私は、病気になってからずっとひとりぼっちでした。夢も希望もない世界で、ずっとずっとひとりでした。そんな世界で初めて希望を抱けたのは、熊谷くんのおかげなんです」

途切れがちだが、それでも美優は懸命に声を繋《つな》げていく。磨りガラスに淡く映る人影の表情は見えないが、なぜか彼女が微笑《ほほえ》んでいてくれてるような気がした。

「私にとって、熊谷くんは誰がなんと言おうと救世主なんです」

そう言いきった美優から、微かに笑い声が聞こえてきた。なんだか恥ずかしい気がしたが、それ以上に不思議と嬉しく感じる自分がいた。

「美優」

美優の名前を呼びながら、磨りガラスに右手をあてる。そんな俺の仕草に同調するかのように、彼女も左手を重ねてきた。

「熊谷くんの手、とてもあったかいです」

ひんやりとしたガラスの感触越しに伝わってくる温《ぬく》もり。それを口にしようとしかけて、美優に先を越されてしまった。

——会ってみたいな
不意にわき上がってくる感情。これまで感じたことのない息苦しさと、のどを押し上げるような心臓の乱れの中、俺は胸の奥に刺すような痛みを感じていた。

不思議な感覚だった。これまで、誰かに会いたいと思うことなどなかった。なのに、俺は生まれて初めて、新田美優という女の子に会ってみたいと強く感じていた。

「なあ、美優——」

「ごめんなさい、熊谷くん」

おさえきれない感情を口にしようとした瞬間、美優の微かな涙声が聞こえてきた。

「もし、今、熊谷くんが私と同じように会ってみたいと思っているなら、私はとても嬉しいです」

「美優?」

「でも、私は嬉しく思うと同時に怖くもあります。きっと、今の私の姿を見たら、熊谷くんは私のことを嫌いになると思います。そう考えると、私にはこのドアを開ける勇気がありません」

掠れた声ながらも、はっきりと伝わってくる美優の拒絶の意思に、俺は落胆しながらも強がりの笑い声を上げた。

「美優、これで充分だ。充分、美優のことを感じられるから」

ガラス越しに何度も手を重ね合わせながら、精一杯の想いを伝える。会えないのは残念だが、無理を言って美優を困らせたり悲しませたりしたくなかった。

それに、ガラス越しとはいえ美優が傍《そば》にいることを実感できるだけでよかった。誰からも必要とされてない俺を、彼女は必要としていることを知れただけでも充分だった。

「美優、俺がいつか海に連れていってやるよ」

再び美優の手に手を重ねた俺は、考えるより先に想いを口にしていた。

「はい、楽しみにしてます」

一瞬の間のあと、美優の力強い返事が聞こえてきた。

本当は、叶わない約束だとわかっていた。

だが、そのときの俺と美優は、なぜか本当に海を見に行く日が来るような気がして、ふたりで馬鹿みたいに笑いあっていた。

美優と約束を交わしたときから、俺の中に言葉にならない感情が常に渦巻いていた。

それは嬉しいという気持ちのようでありながら、奈落の底に落ちるようなやるせなさに似た感覚でもあり、経験したことのない相反する感情のうねりに、俺は夢を見ているかのような浮わついた日々を過ごしていた。

　そんな夢うつつにいた俺の目を覚ましたのは、モヒカンからの一本の電話だった。

嫌な予感はすぐに現実となり、モヒカンから告げられたのは、長谷川先輩が窃盗の関係で警察に逮捕されたという事実だった。

『このままだとヤバいよ鷹広くん』

　半べそかいたモヒカンの声に、言われなくてもわかっていると怒鳴り返してやった。

『で、なんで長谷川先輩は捕まったんだ？』

『職質くらったときに、盗品を持ってたみたいなんだ』

『おいおい、まさかあの時計のことじゃないよな？』

『わからない。でも、鷹広くんには悪いけど、実はあまり自信がないんだ』

　明らかに気落ちしたモヒカンの声に、俺の頭は一気に沸騰していった。

『馬鹿、だから言っただろ！　足のつくものはやめろって』

　怒りに任せて声を荒らげると、モヒカンは泣きそうな声で『ごめん』を繰り返すだけだった。

『それより、これからどうする？　急いで盗品を処分しないとまずいよね？』

苛立ちと焦りの中、もうしわけなさそうに呟いたモヒカンの言葉で我に返った俺は、急いで今後の対策を頭の中に描き始めた。

まず、長谷川先輩が警察に連れていかれた以上、警察が俺やモヒカンのもとに来るのは時間の問題だった。長谷川先輩は、自分の罪が軽くなるなら喜んで仲間を売るタイプだ。そうなると、長谷川先輩の自供を裏付けるために、警察は盗品を押さえに追いこみをかけてくるだろう。

だとしたら、もはや一刻の猶予もなかった。警察が追い込みをかける前に盗品を処分し、刑事や生活安全課の追及に耐える準備をしておく必要があった。

落ち着きを取り戻しながら頭の中で筋道を立てている間、ずっとスマホにキャッチが入っていた。恐る恐る確認すると、じいちゃんからの鬼電だった。

——くそ、もうじいちゃんに連絡あったのかよ
警察が未成年を出頭させる場合、親族に出頭を説得するようお願いすることが多い。だからじいちゃんの電話の用件は、間違いなく出頭要請のはず。だが、出頭すればまず帰ってこれなくなる。だからこそ、その前に盗品を処分する必要があった。

鬼電が止むと同時に、今度は家の電話が鳴り響き始めた。その音に心臓が激しく跳ね上がり、どっと冷や汗が背中を流れ落ちていく。俺の在宅を確認したら、すぐにじいちゃんは迎えに来るだろう。

「ばあちゃん、電話無視して！」

当たり前に受話器を手にしようとしたばあちゃんに、祈りに似た気持ちで叫び声を上げた。

だが、ばあちゃんは一瞬驚いたものの、かまわず受話器を手に取った。

――マジかよ
じいちゃんに俺のことを聞かれたら、ばあちゃんはうそをつけない。仮にうそをついてくれたとしても、じいちゃんには通用しないこともわかっていた。

だから、ばあちゃんがなにかを話す前に電話を強引に切った。ばあちゃんはなにごとかと眉間にシワを深く刻んでいたが、俺は息が荒れすぎて上手く説明することができなかった。

「じいちゃんからの電話だったんだろ？　どうせいつもの説教だから、今は無視してよ」

からからの喉から声を絞り出して、なんとか取り繕いの言い訳をならべる。だが、そんな俺に対してばあちゃんは更にシワを深く刻むだけだった。

「さっきの電話、おじいさんからじゃなかったんだけど」

「え？」

「学校からで、病院から至急の連絡がなんとかって言ってたんだけどねぇ」

困惑しながらも、ばあちゃんはいつものおっとりした口調で電話の内容を話してくれた。

——学校？　病院？

ばあちゃんの口から出てきたワードに、俺の怒りは冷水を浴びたかのように速攻で萎んでいった。

——病院て、まさか
空回りし始めた頭を強引に切り替え、ばあちゃんの言葉の意味を推理する。美優とはスマホの番号を交換していないし、彼女の親にも病院にも番号は教えていない。となると、美優になにかあったときに病院や彼女の親が俺に連絡しようと考えたら、学校を経由してくる可能性があった。

『もしもし？　鷹広くんなにしてるの？　早くしないとまずいって！』

耳にあてたスマホから、モヒカンの急かす声が断続的に続いていた。事情を知らないモヒカンにしたら、一秒でも早く次の手をうちたいのだろう。

『うるさい、ちょっと黙ってろ！』

モヒカンの叫びに再び血が上った俺は、怒りを露《あらわ》にして怒鳴りつけた。モヒカンの言いたいことも、今やらなければならないこともわかっていたが、なぜか考えが上手く纏《まと》まらなかった。

――とにかく、なんとかしないと

いきなり突き付けられた現実に、考えるよりも怒りが先走りしていた。盗品を処分しなければいけないときに、まさかの病院からの呼び出し。本当に人生は最悪だとしか言いようがなかった。

だが、それもすべては自分がまいた種だった。自暴自棄になって悪さを繰り返したツケを、今になって支払わされているに過ぎなかった。

『どんな理由があろうが、結局はやったことはすべて自分に返ってくるということを忘れるな』

不意に甦《よみがえ》るじいちゃんの説教。何万回も聞かされた言葉の意味を、こんな最悪なタイミングで思い知らされることになった。

――落ち着け！

スマホを耳から離し、何度も深呼吸を繰り返す。怒りに任せて先走るこれまでの俺なら、間違いなく死に物狂いで盗品の処分に奔走しただろう。

だが、そうすれば病院の呼び出しに応えることはできなくなってしまう。もし、美優が今最悪の状況だとしたら、その最後の呼び出しを反故にしたことになってしまうかもしれない。

とはいえ、盗品の処分をあと回しにしたら、警察の追い込みに対応できなくなってしまう。そうなれば、俺に待っているのは真っ暗な未来だけだ。

ふたつの選択が、頭の中をぐるぐると回り続けた。どっちを選択しても絶望しかなさそうだったが、決断するのに時間の猶予はなかった。

『よく聞いてくれ』

迷いながらも覚悟を決めた俺は、喚《わめ》き続けるモヒカンに冷静さを保って話しかけた。

『俺は、これから大事な用がある。だから、盗品の処分はお前ひとりでやってくれ』

『はあ？　鷹広くん、言ってる意味わかってる？　警察がガチで来るんだよ？　そんなときだってのに、盗品の処分以外に大切なことってある？』

『まあ、たしかにおかしな話だよな。捕まれば少年院行き確定だってのに、俺はどうかしてるよな？』

『どうかどころじゃないよ。ねぇ、本当にどうしちゃったんだよ？』

『どうもしてないさ。ただ、この用事だけは外せない大切なことだって思っただけなんだ。それに、捕まってもお前のことは口を割らないから安心してくれ』

尚も食らいついてくるモヒカンに別れを告げ、一方的に電話を切る。覚悟を決めたことに怖さはあったが、それ以上にどうしても美優のところに行きたい気持ちが強く勝っていた。

――モヒカン、短い間だったけど楽しかったぜじいちゃんに病院にいるとメッセージを送ったあと、スマホの記録と履歴からモヒカンに関するものをすべて削除する。名前を思い出せないことにすこし胸が痛んだが、それもすぐに消えていった。

なんとか昼過ぎには、病院にたどりつくことができた。電話の内容が内容だけに、不思議と覚悟はできていた。更に言えば、実は美優が仕掛けたドッキリなんじゃないかとさえ思い始める余裕すらあった。

だが、それが間違いだと知るには充分すぎるぐらいの現実が目の前にあった。

いつもの美優の病室は、今はドアが完全に開かれていた。美優が使っていたと思われる素っ気ない車椅子だけが、音のない無人の部屋で異彩を放っていた。

「熊谷くん、ですか？」

呆然としていたところに、中年のおばさんに声をかけられた。にこやかに笑っていたが、真っ赤に腫れた目がすべてを物語っていた。

「ごめんなさいね。本当は、最後に美優に会ってもらいたかったんだけど」

言葉を震わせたおばさんが、深く頭を下げる。雰囲気からして美優の母親だろう。

聞けば、彼女は昼前に息を引き取ったという。

慌てて連絡したみたいだが、時は既に遅かったようだ。俺の普段の行いを考えたら、神様からの当然の仕打ちかもしれなかった。

「美優は、今どこにいるんですか？」

何度も頭を下げる美優の母親を制して、俺は彼女がどうなったかを確認した。

「あの子は今、手術室にいるの」

か細い声が伝えてきたのは、いつか美優が話していたことだった。美優は心臓移植のドナーになっていて、今まさに彼女の心臓が誰かに受け継がれている最中だった。

「手術が終わって綺麗な体に戻ったら、一目会えると思います。ぜひ、会ってもらえませんか？」

美優の母親の涙声に、胸の奥に刻まれるような痛みが走った。その意味をなぜかぼんやり考えようとしたところで、廊下の先にじいちゃんの姿が見えた。

「大丈夫です。俺、美優とは会わないと決めてたんです。それに、美優は今の姿を見られるのを嫌がってましたから。だから、会わないほうがいいと思います」

美優の母親からの申し出に激しく心が動いたが、じいちゃんがいる以上長居はしたくなかった。それに、たとえじいちゃんがいなくても、俺は美優の姿を直接見ることはなかっただろう。

「そうですか。でしたら、これだけでも受け取ってくれませんか？」

落胆した美優の母親だったが、気を取りなおしたように真っ白の封筒を差し出してきた。

「あの子に頼まれてたものです。あの子に何かあったら、熊谷くんに渡してほしいと」

中身が何かと思案していたところに、美優の母親が説明してくれた。どうやら、最近になって俺への手紙を書いていたようだ。

美優からの最後となった手紙を受け取り、美優の母親に頭を下げる。まさか娘がやりとりしていた相手がこんな金髪のろくでなしとわかって、さぞ嫌な想いをさせてしまっただろう。

そんな予感を勝手に抱き、居場所を失ったかのように小走りに離れようとしたときだった。

「貴方は、どうしようもないクズではありませんから」

「え？」

いきなり背中に浴びせられた言葉に、俺は驚いて振り返った。

「あの子はね、ずっとひとりだったの。友達もできなかったから、誰も病院に来てくれなかった。でも、貴方はあの子に会いに来てくれた。おかげで、久しぶりにあの子の楽しそうに笑う姿を見ることができたの。だから、あの子にとってはもちろん、私にとっても貴方はどうしようもないクズではありませんから」

俺の勝手なかんちがいを察知してか、美優の母親が力強く諭してきた。どうやら美優の母親にとっては、俺は恩人という扱いになっているようだった。

なんと返事していいかわからず、がらにもなく何度も頭を下げるしかなかった俺は、結局返す言葉もなく小走りでその場から離れた。

——ったく、人の気も知らないくせに
美優の母親の言葉にむず痒さを感じながら、俺は心の中で毒を吐いた。そもそも、俺が病院に来たのは美優から売られた喧嘩を買いに来ただけだし、ついさっきまでは罪を免れようと足掻《あが》いていたわけだから、どう考えてもクズでしかなかった。

——けど
いつ以来かわからないが、久しぶりに自分が認められたような気がした。たったそれだけのことがなぜか嬉しくて、これから警察に捕まるというのに、ぐちゃぐちゃに感情をかき回されるはめになってしまった。

「病院でなにかやっていたのか?」

あえて美優の母親に見つからないように隠れていたじいちゃんが、近づいてきた俺にさりげなく声をかけてきた。

「べつに、同級生に会ってただけ」

神妙な顔つきのじいちゃんに素っ気なく答えると、俺は逃げる意思はないことを示すようにじいちゃんの隣にならんだ。

予想通り、警察の依頼で俺を迎えに来たじいちゃんと一緒に車に乗りこむ。じいちゃんの「しばらく帰れないからな」と呟いた言葉が、やけに弱く聞こえたおかげで、いよいよ俺も堕ちるところまで堕ちたことを実感した。

無言の重苦しい空気が漂う中、逮捕されることへの不安と恐怖をまぎらわせるため、美優の母親から受け取った手紙を読むことにした。

真っ白な封筒に入っていたのは、四枚の手紙だった。もう見慣れてしまった掠れた文字がやけに懐かしく感じられ、急に胸の奥に息苦しさに似た痛みがジクジクと沸き上がってきた。

——熊谷くんへ

この手紙を熊谷くんが読んでいる時、私はおそらくこの世にいないでしょう。それがいつになるかはわかりませんが、手が動くうちに熊谷くんに伝えておきたいことを書いておこうと思います。

私が最初に熊谷くんのことを知ったのは、一年生のときでした。

熊谷くん、子猫を助けたときのことを覚えてますか?

あのとき保健室通いだった私は、木からおりられなくなって困っている子猫を見て、どうすることもできない自分が悔しくてたまりませんでした。

そんなときに現われたのが熊谷くんでした。

そして、私は初めて恋というものを知りました。

それからは、もう一度熊谷くんに会いたいと思うようになり、いつしかその気持ちが私の中で希望になったのです。

その希望を胸に、辛い治療に耐えながら再び熊谷くんに会える日を楽しみにしていました。

けれど、ようやく熊谷くんの姿を見つけたとき、金髪になって目つきが鋭くなった熊谷くんの姿に驚いてしまいました。

あれだけ輝いていた熊谷くんになにがあったのか。その理由を知りたかったのですが、私には声をかける勇気がありませんでした。

それからしばらくして、私は病院の先生から余命を宣告されました。思った以上に僅かな時間しか残っていないことを知った私は、少しでも熊谷くんとお話してみたいと強く思うようになり、最後の時間をなんとかして熊谷くんとすごせないかなと考えるようになりました。

そのため、思いきって担任の先生に相談したところ、先生から見せられたのがあの進路希望調査票でした。そこで私は、熊谷くんとやりとりできることを願って書き込みをしたのです。

もちろん、熊谷くんがどんな反応をするのか心配でした。おかげで、本当に熊谷くんが来てくれたときは、涙が出るくらい嬉しかったです。

その日から熊谷くんとメモを交換するようになり、熊谷くんの苦しみや悲しみを知ってからは、少しでも熊谷くんを救ってやることができないかなって思うようになりました。

でもね、熊谷くん。私、気づいたんです。

私みたいな変な子にも会いに来てくれるだけでなく、いつも優しくしてくれる熊谷くんは、どんなに強がって自分をクズだと言っていたとしても、あの子猫を助けた頃の優しい熊谷くんと変わっていないんだなって。

そのことに気づいたとき、なんだか私だけが熊谷くんの本当の姿を知ってるみたいで嬉しくなり、いつの間にか熊谷くんを救おうとした私の方が救われていました。

実際、余命宣告を受けたあとの私は、ずっとひとりぼっちのままいつか自分がいなくなるという恐怖に耐えながら、いつも泣いている日々が続いていました。

でも、そんな私の世界を変えてくれたのが、熊谷くんなのです。熊谷くんとメモのやりとりを始めてからの私は、自分の世界に色が広がるのを感じました。夜中に一人で泣きそうになる時も、熊谷くんとなにを話そうかなと考えるだけで、一気に心が明るくなっていました。

だから、私を救ってくれた熊谷くんにどうしても伝えたいことがあります。

熊谷くん、本当にありがとう。

私ね、すごく嬉しかったんだよ。

会いに来てくれたこと、メモのやりとりをしてくれたこと、一緒に笑いあったこと、手を重ね合わせたこと、そして、なにより海に行く約束をしてくれたことが、私には幸せなことでした。

熊谷くんは、私に希望だけでなくたくさんの思い出もくれました。おかげで、私はたくさんの宝物を胸に旅立てそうです。

そんな私と違って、熊谷くんは今とても辛いと思います。

でも、絶対に自分に負けないでください。

そして、これだけは覚えておいてください。

誰よりも優しくて温かい手をした熊谷くんには、人を幸せにする力があります。

この先も続く熊谷くんの未来には、その力を必要とする人が必ず現われることでしょう。

だから、熊谷くんにはたくさんの人を幸せにするためにも、しっかりと前を向いて歩いて欲しいのです。

馬鹿で変な私ですが、熊谷くんに幸せにしてもらったひとりとして、最後は私なりのエールを送って終わりにしたいと思います。

熊谷鷹広、めげずに前に進め！

新田　美優

ところどころ滲んだ文字を追いながら、俺は溢れてくる感情のうねりに耐えきれなくなり、何度も両目を乱暴に擦《こす》り続けた。

——なんだよ美優、お前もあのときの俺を見てたのかよ……

手紙を読み終えた瞬間、美優の心に触れたような気がして、急に今の自分が心底馬鹿らしく思えてきた。

——美優、救われたのは俺の方だよ

美優の感謝の言葉に、もう熱くなった目頭から零れるものを押さえることができなかった。

俺が置かれた境遇と美優の境遇を考えたら、彼女の方が明らかにどん底だっただろう。なのに美優は、いつも笑って俺の馬鹿話に付き合ってくれていた。そのことが嬉しくて、俺はいつしか美優といることに安らぎを感じるようになっていた。

だから、救われたのは美優だけではない。本当に救われていたのは、間違いなく俺の方だった。

──ったく、なにが前に進めだよ、美優
掠れ滲んだ見慣れた文字から伝わってくる美優の想い。気づくと俺は、手紙越しに必死になって彼女の姿を探していた。

だが、どんなに探しても見つかるのは思い出の美優の姿であり、俺はようやく彼女がいなくなったことを実感した。

「じいちゃん、俺──」

突然襲ってきた激しい息苦しさ。更に声も出せないような胸の痛みに耐えきれなくなった俺は、両手で顔を覆って泣き崩れた。

「お前、その子のことが好きだったんだな」

声を上げて泣きだした俺を慰めるかのように、じいちゃんが肩を叩いてきた。そんなじいちゃんの何気ない一言に、俺はこのときになってようやく美優を好きだったことに気づいた。

「じいちゃん、もう馬鹿やめるよ。もうこんな生活卒業するから」

美優の手紙をていねいにしまいなおしながら、決意を口にする。美優から受け取ったメッセージは、前を向いて歩け、だ。このままどん底で足掻くくらいなら、すこしでも前を向いて生きた方がいいだろう。

「今の言葉、間違いないな?」

「うん、約束する。もう馬鹿やってる場合じゃなくなったから」

「そうか、だったらあとは俺に任せろ。いつでも支えてやるからな」

じいちゃんの優しい言葉に、俺は久しぶりに素直に頷きながら、ゆっくりと窓の外に目を向けた。

――未来、か
美優の言葉を思い返した瞬間、ふと俺の中に閃《ひらめ》くものがあった。

――そうだ、美優と約束していたっけ
脳裏に浮かんだのは、美優と手を重ねながら交わした約束だった。美優を海に連れていくという約束が、俺の中で一つの希望の形になろうとしていた。

この世界には、美優の心臓を受け継いだ人がいる。だから、いつかどこかで会うことができれば、美優との約束を果たすことができそうな気がした。

――美優、いつかそのときがきたら、俺の気持ちも聞かせてやるからな
互いに口にすることはなかった気持ち。その初恋の答えを、約束の海であかすことを決めた。

車窓の先のいつもの町並みに美優の姿を重ねながら、美優に決意を伝えてみる。

その瞬間、「時間外は割増ですよ」という美優のボケが聞こえた気がして、再び

ゆっくりと景色が淡く滲んでいった。


熊谷先生は、医者にしては珍しい人だった。

優しくて温かい人柄からは想像できないけど、少年院を出た元ヤンだったらしい。

そのため、医者になるのに相当の努力と苦労があったのは容易に想像できた。

そんな熊谷先生を詳しく知ったのは、病院で働き出してしばらくたってからだった。

誰に対しても明るく気さくに振る舞う熊谷先生が、私が心臓移植を受けたときの話をした瞬間、息が詰まりそうになるくらいの真剣な眼差しでそのときのことを詳しく聞いてきたのがきっかけだった。

最初は怖かったけど、眼鏡を外して手を震わせながら泣いている熊谷先生を見て、よほどのことがあったんだなと、そのときは思った。

そして今、私は熊谷先生に誘われて海に来ている。

誘われたときはちょっと迷ったけど、車内で事情を聞かされた今は、海に来てよかったと思っている。

春の穏やかな日射しの中、柔らかい潮風に吹かれながら浜辺を歩く。さっきまでは饒舌だった熊谷先生も、今は黙ったままだ。

――聞いていいのかな？

熊谷先生の横顔を見ながら、私は気になったことを頭の中で繰り返してみた。私が気になったのは、熊谷先生が美優さんをどう思っていたかだ。

「あの、熊谷先生、ひとつ聞いていいですか？」

失礼になるかと思ったけど、心臓が今までにない力強さで急かすように早打ちしていることもあり、私は思い切ってたずねることにした。

「熊谷先生は、美優さんをどう思っていたんですか？」

さりげなく聞くつもりだったのに、声がうらがえってしまった。おかげで、熊谷先生は驚いた顔をしたけど、すぐに優しい笑顔を見せてくれた。

そして、眼鏡を外す熊谷先生。

春の穏やかな温もりにも負けない柔らかな眼差しを、ゆっくりと私の胸に向けてきた。

「俺も、美優のことが好きだった。あの気持ちは、間違いなく俺の初恋だったよ」

まるで少年みたいな笑顔を浮かべて、熊谷先生ははっきりと口にした。

そして――。

私の胸の中にいる美優さんが、まるで返事をするかのように、ひとつだけ大きな鼓動を静かに響かせた。

END

花あかり
〜願い桜が結ぶ過去〜

河野美姫
Miki Kawano

大阪府出身。2009年に『Coton Candy』でデビュー。「ずっと消えない約束を、キミと〜雪の降る海で〜』(スターツ出版刊)では、「一生に一度の恋」小説コンテストにて優秀賞を受賞。ウェブではベリーズカフェを中心に活動中。

松村美咲《まつむらみさき》様

お元気ですか？

今、どんな大人になっていますか？

十年後の私の姿は想像できないけれど、

幸せな日々を過ごせていたらいいなと思います。

ところで、遼《りょう》には告白できましたか？

もしかして、付き合えていたりしますか？

まさかそんなわけないよね……。

でも、遼との約束は覚えていますか？

この手紙が届いた日から一番はじめの日曜日、

桜神社《さくらじんじゃ》に十七時です。

遼は約束を忘れているかもしれないけれど、

十年後の私は遼との約束を守ってください。

十五歳の松村美咲より

＊＊＊

春の訪れを感じる風の中、ゆっくりと歩を進める。

東京《とうきょう》から新幹線で、およそ二時間。

金沢《かなざわ》の片隅にあるこの街に帰ってくるのは、随分と久しぶりだった。

駅からの街並みはあの頃の面影を残しながらもすっかりちがう景色になり、どこか知らない土地にやってきた気さえする。

十五歳のときに刻まれた後悔を抱え、この行為が無駄なことだと理解しながらも故郷を訪れる決意をしたのは、十五歳の私から届いた手紙に背中を押されたから。

私は、今日――あの日から抱いたままの後悔と向きあうために、こうして懐かしい場所に帰ってきたのだ。


駅から二十分の道のりを経て着いたのは、小さな神社に続く階段の前。

階段は十段ほどで、その上には朱に染まる鳥居が鎮座している。

あの頃と変わらない懐かしい景色に心のどこかで安堵《あんど》し、同時に足が止まった。

ここから先に進むのは勇気が必要で、肩にかけたバッグの持ち手をギュッと握る。

そのまま立ち尽くしていると、楽しそうな声を上げる三人の女の子が私が通ってきた道とは反対側から歩いてきた。

「いいから告白してみなよ！」

「無理だよっ！　絶対、私の片想《おも》いだもん！」

「そんなことないと思うけどなぁ」

さっきから何度かすれちがったセーラー服は、近くにある母校のもの。

紺色のスカートを揺らして歩く中学生たちの笑顔を目にして、懐かしいような切ないような気持ちを抱きながら瞳をゆるめる。

明るい笑い声が私の前を横切ったあと、深呼吸をひとつして足を踏み出した。

手すりのない石段を上がり、朱《あか》い鳥居を抜ける。

その先に広がっているのは、人気《ひとけ》のないご本殿とその傍《そば》にそびえ立つ立派な桜の木。

ちょうど見頃を迎えている今、満開の桜の木は両手を広げるかのような枝に惜しむことなく淡いピンク色の花を携えていた。

『綺麗《きれい》だね』

『この桜を見ると、春だーって感じがするよな』

『うん。私、毎年必ず、この桜が見たくなるんだよね』

『俺も。俺たち、やっぱり気が合うな！』

ふと脳裏によぎったのは、いつか交わした他愛のない会話。

あの頃よりも大きくなった桜の木は、十年前よりもずっとたくさんの花びらをつけて更に美しさを磨いているのに、なんだか悲しげに見える。

普段はあまり人が来ないこの地で誰かを待ち続けているようにも感じられ、しばらくは目が離せなかった。

腕時計を確認すると、時刻は十六時五十七分を指していた。

みんなで遊ぶときにはいつも決まって最後にやってきた〝彼〟が、プライベートで時間を守ってくれたことは滅多になかった気がする。

そんな思い出に苦笑混じりの小さな笑みを零《こぼ》し、お賽銭《さいせん》箱に五円玉を入れる。

だけど、私の願いが叶《かな》うことはもうないとわかっているから、あの頃の後悔を懺悔するような気持ちで手を合わせて瞼《まぶた》を閉じた。


ふわりと春の匂いを連れた風が吹き、ゆっくりと目を開ける。

腕時計は十七時五分を指していて、現実を理解しているはずなのに深いため息が落ちる。

境内から離れ、桜の木にそっと背中を預けた。

見上げた視界の先には満開の桜が優しく揺れていて、その隙間からは四月の空が見える。

日が長くなった空はまだ明るく青く、桜色の向こう側の太陽が眩《まぶ》しかった。

バッグをあさって手帳を開き、五日前に届いた白い封筒を取り出す。

そこに書いてある内容はほとんど覚えていなかったけれど、最後の四行にしたためたことだけは一日も忘れたことはなかった。

「遼との約束は覚えていますか？　この手紙が届いた日から一番はじめの日曜日、桜神社に十七時です。遼は約束を忘れているかもしれないけれど、十年後の私は遼との約束を守ってください」

静かな声音で朗読した、四行。

私は意を決して約束を守るためにこの地を訪れたけれど、遼がここに来ることはない。

彼――三崎《みさき》遼は、中学校の卒業式を終えて友人と遊びに行った帰り道で交通事故に遭い、還らぬ人となってしまったから……。

三年間クラスメイトで、出会った直後に仲よくなって。気づいたときには好きになっていた、私の初恋の人。

卒業式の日、伝えようと決めていた想いは届けることができなかったまま、十年経《た》った今もなお私の心の奥底で静かに眠っている。

まるで、いつか伝えられる日が来ることを待っているかのように……。

もうそんな機会が巡ってくることは二度とないと頭ではわかっているのに、心に居座った恋情はあの頃からずっと色褪せていない気さえする。

あの日、遼にこの気持ちをちゃんと伝えることができていれば、彼は死ななかったのだろうか。

告白が実ることがなかったとしても、遼とここで再会できたのだろうか。

この十年、私は自分自身に何度も同じことを問いかけてきたけれど……。当たり前に現実はなにも変わることはなく、私だけが十年分の月日を歩んで二十五歳になってしまった。

「ごめんね、遼……」

小さくもらした声に目の奥から熱が込み上げてきて、また後悔が色濃くなる。

告白できなかったことも、現実を直視できなくてお通夜にもお葬式にも行けなかったことも、あの頃から何度も何度も悔やんできた。

それでも、まだ足りないと言わんばかりに後悔は募っていく。

「十年経ってもちっとも忘れられないのに、あのときどうして言えなかったんだろうね……」

想いが色褪せないのは後悔のせいだと思っていたけれど、きっとそれだけじゃない。

私は、自分自身が思うよりもずっと、遼のことが本当に大切だったのだ。


あの日——。

卒業式の夕方、告白できなかったことを励ましてくれた友人たちと別れて帰宅した私は、その一時間後にかかってきたクラスメイトからの電話を受けて病院に走った。

自然と溢《あふ》れ出していた涙が後ろに流れていくのを感じながら、遼が無事であることを必死に祈った。

『お願い、遼……！　無事でいて……！』

街灯に照らされた道を駆け抜けて病院にたどりつくと、そこには擦り傷だらけの彼が眠っていた。

致命傷になったのは、頭を強く打ったこと。

もう息をしていないと誰かから聞かされたとき、目立った外傷は擦り傷しかなかったせいか、その言葉を信じられなかったけれど……。遼の家族やいつもふざけてばかりいる男子たちが声を上げて泣いている姿を見て、目の前が真っ暗になった。

お通夜にもお葬式にも参列しなかった私は、現実を信じられないままだった。

それでも、悲しみに暮れる心が零させる涙はずっと止まらなかった。

そんな中、父の転勤で三月末に遠く離れた福岡県《ふくおか》に一家で引っ越すことがこの二ヶ月前には決まっていたから、荷造りを進めなくてはいけなくて……。段ボールにたくさんの涙のシミを作りつつも、なんとか作業をこなした。

そして、遼が亡くなってからちょうど一週間後。

泣き叫ぶような大雨の中で住み慣れたこの街を離れ、そのまま今日まで一度も足を踏み入れることはなかった。

新生活を迎えてからしばらくは毎日が慌ただしく、進学先の高校では誰ひとり遼のことを知らなかったおかげで、彼の話を口にする機会はなかった。

遼のことを考えるのが怖くて、引っ越しの日に雨に濡《ぬ》れて壊れたスマホを買い替えるときにはあえて番号も変え、ＳＮＳのアカウントもすべて消して……。

彼との思い出を記憶の奥底に閉じこめるかのように、身勝手にも中学時代の友人たちと連絡を取るのをやめた。

大学進学と同時に上京してそのまま東京に住み続けている今も、ＳＮＳで中学の同級生を検索することもなく生きてきた。

だからこそ、今日、ここに来るのがとても怖かった。

だけど、あの日から十年が経った。

積み重ねてきた月日の間にどれだけ成長できたのかはわからないけれど、私は大人になった。

そして、どんなに強く願っても、遼に会うことはできない。

だから……もういい加減に、このとてつもなく大きな後悔から目を背けるのをやめて、真っ直《す》ぐに向きあわなければいけないのだ。

そのために、ここに来たのだから——。


再び見上げた桜の木は、十年前よりもやっぱり大きくなっていて、その先にある空は遥か彼方《かなた》に存在している。

それは遠くて、とても遠くて……まるでもう会えない遼のようだ。

そういえば、『願《ねが》い桜《ざくら》』と呼ばれるこの桜の木には、昔から言い伝えがある。

〝強く願い続けたことを、たったひとつだけ叶えてくれる〟と——。

中学生のとき、ここで告白すると恋が叶うというジンクスがあった。

あくまでジンクスで、実らなかった恋の話も知っている。

もちろん、言い伝えが単なる迷信であることも。

あの頃はまだ子どもだったけれど、それを知らないほど幼かったわけじゃない。

それでも、言い伝えを信じてジンクスにすがりたかったのは、叶えたい想いがあったから。

結局、恋心は口にできなかったけれど、遼はここに来てくれた。

たしかに、チャンスはあった。

だけど、私たちは他愛のない話をしただけで、最後に私はあらためて引っ越すことを伝えて『ばいばい』と言うことしかできなかった。

彼もまた、普通に『じゃあな』と笑っていた。

「会いたいよ、遼……」

ぽつりと呟《つぶや》いた刹那。

「わっ……!?」

強い風とともに視界を埋め尽くすほどの桜の花びらが舞い、持っていた手紙が手から離れた。

慌ててそれを追おうとしたけれど、体を包むような桜吹雪と風に阻まれるように身動きが取れなくなる。

舞い上がる砂埃《ぼこり》から逃れるように瞼を閉じ、その場で髪とスカートを押さえながら風がやむのを待つことしかできなかった――。

ようやく風が弱まり、無意識のうちに閉じていた瞼を開くと、あたりは夕陽《ゆうひ》に包まれていた。

直後に瞠目《どうもく》したのは、満開だった桜の木から花が消えていたから。

ひとつも咲いていないどころか、ここからでは蕾《つぼみ》もほとんど確認できない。

心なしか、枝も縮んだように見えた。

「桜……全部散ったわけじゃないよね……」

状況が把握できないまま自然ともれた声が、静かな神社の中に吸いこまれるように消える。

戸惑いを隠せなかったけれど、飛んでいった手紙の存在を思い出してハッとした。

「……制服？」

手紙を探すために視線を地面に落とした数秒後、再び目を大きく見開いた。

そこに映ったのは、今日着てきた桜色のスカートじゃなくて、さっき見た懐かしくもある紺色のスカートと白いセーラー服の胸元で結ばれた赤いリボンだったから。

「なにこれ……？　どうなってるの……？」

着替えた記憶はもちろんないし、バッグもスマホも見当たらない。

ついでに腕時計まで消えていて、急に怖くなった。

もう一度桜の木を見上げたけれど、花は咲いていない。

手紙も荷物もどこにあるのか見当がつかず、どうすればいいのかわからなかったけれど……。日が暮れていく桜神社にひとりでいることに不安を覚え、境内に背を向けて階段を下りた。

どこへ向かうのが正解なのかわからないまま、駅とは反対側に歩を進めていた。

視界に映る景色は懐かしく、奇妙なほどにあの頃となにひとつ変わっていない。

不安を抱えながらもなにも持っていない私は、気がつけば十年前まで住んでいた家にたどりついていた。

表札には【松村】と表記されたままで、あのあと人手に渡ったはずの家の表札が変わっていないことを不思議に思う。

「美咲？」

さすがに中に入ることはできなくて立ち尽くしていると、突然背後から名前を呼ばれた。

聞き間違えるはずがない。

十年前まで何度も聞いていた、大好きな人の声。

弾かれたように振り返った先には、あの頃のままの遼がいた。

切れ長の二重瞼の瞳に、整えられた眉。

冬にはよく荒れていた、すこし薄めの唇。

成長期特有のあどけなさの中に、ほのかな大人っぽさが覗《のぞ》き始めている。

日焼けした肌は夕陽に照らされ、すっきりと切り揃《そろ》えられた黒い髪が風に揺れた。

十年前とまったく同じ姿で現れた彼を前に、息が止まるかと思った。

あんなにも会いたいと思っていた人が、記憶の中のままの姿で目の前にいる。

状況を把握できない思考でも、これは夢なんだと思ったけれど……。それでも、ただただ胸が震えて言葉が出てこなかった。

「美咲？　どうした？」

そんな私を見つめる彼は、怪訝《けげん》な面持ちをしている。

「遼……」

「なんだよ」

ようやく零した名前を、遼がどこかぶっきらぼうな声音で拾う。

それがとても嬉《うれ》しくて、だけど夢だというのが悲しくて、視界が滲《にじ》みそうになった。

「なにボーッとしてるんだよ。家に入らないのか？」

ごく普通に、なにげなく。十年前となにも変わらない学ラン姿の彼が、そんな言葉がぴったりな口調でたずねてきた。

「遼……本当に遼なの!?　ちゃんと生きてるんだよね……っ!?」

「はぁ？　なにお前、どうしたんだよ？　頭でも打った？」

今にも飛びつきそうな勢いの私に、遼は引いていたけれど……。夢でも彼に会えたことが嬉しい私には、そんなことを気にする余裕はない。

反して遼は、「本当に大丈夫か？」と眉を寄せている。

「いたっ……！」

ひとり戸惑いと興奮に陥っていた私の頬が、クイッとつねられた。

「なにするのよ！」

反射的にあの頃と同じようにその手をはたくと、彼が悪戯《いたずら》な笑みを浮かべた。

「立ったまま寝てたみたいだから、起こしてやろうと思って」

「寝てないよ！」

「あ、そう。じゃあ、まぬけ面でぼんやりしてるのは生まれつきか」

ニッと笑った遼の口調は意地悪で、思わずムッとする。

だけど、その直後には泣きそうになっていた。

そうだ……。あの頃、私たちはこうしてよく言い合いをして、いつもくだらないことで笑っていたっけ……。

当たり前だと思っていたありふれた日々が、どれだけ幸せだったのか……。

私は遼を失ってから思い知り、それからはずっとあの頃の日々以上の幸福感を抱いたことはなかった気がする。

「あっ！　俺、急いでるんだった！　美咲も早く家に入れよ！」

「えっ？　ちょっと、遼！　待ってよ！」

「ごめん！　今日は家族で晩ご飯を食べに行くんだ！　話なら明日聞いてやるよ！」

「ダメだよ、遼！　明日の約束なんて、私たちには交わせないんだよ！

そんな私の気持ちなんて知らない遼は、よほど慌てているのか、振り向くこともなく走り出す。

とっさに追いかけたけれど、学年で一・二を争うほど足が速い彼に、運動音痴の私が追い着けるはずがない。

角を曲がったときには、もう後ろ姿は見えなくなっていた。

短い距離で上がった息を整えながら、地面に視線を落とす。

所詮、夢なんてこんなものだ。

ご都合主義にもなってくれなくて、夢の中ですら夢を見させてもらえない。

肩を落としてとぼとぼと元来た道を戻ると、家の前に母が立っていた。

「あっ、美咲！　やっと帰ってきた！　引っ越しの荷造りしないといけないのに、こんな時間までどこにいたの！」

ため息をつく母の姿は今よりも若くて、私が中学生のときの母と変わらなかった。

投げやりになってしまいつつも、よくできた夢だな、と思う。

憂鬱な気持ちを抱えて家に入り、夕食の支度を手伝い、四歳下の弟の宿題を見てあげて、家族四人で夕食を食べて……。まるであの頃と同じ時間を再現するかのような夜に、ふと奇妙な気持ちが蘇《よみがえ》ってきた。

「この夢、いつ醒《さ》めるんだろう」

「なにわけのわからないこと言ってるの。明日は卒業式の予行練習なんだから、早く寝なさい」

ため息混じりに落とした声を母に拾われて、なにげなくカレンダーに視線を遣《や》る。

壁にかけられているカレンダーは、二〇一五年のもの。

思わず、まじまじと見つめてしまった。

夢にしては、できすぎじゃない？　そういえば、さっき遼に頬をつねられたときも普通に痛かったし……。

「お母さん、今って二〇一五年……？」

「なに当たり前のこと訊《き》いてるの！　もう、しっかりしてよ！　あなた、明後日には卒業式で、春からは高校生なのよ」

呆《あき》れた声が飛んできた直後に二階に走り、転げそうになりながら飛びこんだ自室の鏡の前に立った。

「うそ……。私まで若くなってる……」

夢だと思っていたけれど、もしかして夢じゃないのだろうか。

ありえない、ありえるはずがない。

頭の中でグルグルと回る言葉が、まるで悪戯が成功した子どものようにおどっている。

もし……もしも夢じゃないとしたら、私は過去に戻ってきたのだろうか。

脳裏によぎった可能性を鼻で笑い飛ばしたけれど、『ありえない』という言葉は自分自身に言い聞かせるために使っている気さえしてきて……。自分の中にある夢と現実の境目みたいなものが、曖昧になり始める。

「桜神社の願い桜……」

程なくして、自然ともれたのはそんな言葉。

言い伝えもジンクスも、二十五歳の私は〝十五歳の私〟以上にただの迷信だと思っている。

それなのに、今はそれを信じかけている私がいた――。

翌朝、鏡の前に立つ私は、十五歳の姿のままだった。

なにこれ……。やっぱり、過去に戻ったの？　タイムスリップ……っていうんだっけ？

まだ信じられなくてぎこちなくハハッと笑いながらもリビングに下りれば、両親も弟たちも十年前の姿と変わらなかった。

呆気《あっけ》に取られていた私は、「早くしなさい」という母の声にハッとして、慌てて椅子に腰かけた。

朝食の匂いも味もやけにリアルで、朝の風景も懐かしさと同時に〝いつも通り〟という感覚さえ芽生えてくる。

不思議と不安はなかったけれど、なぜこうなったのか理解できない。

思い当たる桜神社のことばかり考えていると、友人の紘子《ひろこ》が誘いにきて、私は昨日ぶりのセーラー服姿で家を出た。

「おはよー」

「おはよう……」

「元気なくない？　あっ、もしかしてもう緊張してる？」

「緊張？」

きょとんとすると、笑顔だった彼女が眉を寄せて真剣な顔になった。

「明日の卒業式のあと、遼に告白するんでしょ？」

あぁ、そうだった……。明日は、遼に告白するはずだったんだ。

だけど、それを成し遂げられなかったことを知っている私は、曖昧に笑ってごまかした。

「まさか怖気《おじけ》づいてないよね？　もうすぐ引っ越すんだから、それまでにちゃんと伝えなきゃダメだよ！　福岡なんてめちゃくちゃ遠いし、もう会えなくなるかもしれないんだからね？」

でも……遼は、卒業式の日に死んじゃうんだよ……。

言いかけた言葉を喉元《のど》で止めたあと、ハッとした。

ここが本当に過去で、今が二〇一五年ならば、今日は二〇一五年三月十六日。

つまり——遼が事故に遭うまで、まだ二十四時間以上ある。

この際、これがよくできた長い夢だった場合のことは、一旦置いておこう。

そして、ここが本当に過去であると仮定したとき、私がやりたいことはひとつしかない。

学校はもう目の前に見えている。

隣で必死に告白を促している紘子の話には上の空のまま、歩調が速まっていった。

教室に着くと、クラスメイトと笑いあっている遼の姿があった。

彼はすこしぶっきらぼうなところもあるけれど、いつも笑顔でいる。

その明るさが周囲にも伝染していき、気がつけばみんなの中心にいるような男の子だった。

そんなところが、とても好きになった理由のひとつだったことを思い出す。

「おっ、美咲じゃん。おはよー」

目が合った遼が、瞳を意地悪くゆるめて「昨日は家の前で寝なかったか？」と笑う。

チョークの跡が残った黒板。

艶が薄らいだ机。

すこし汚れたカーテンの隙間から射しこむ、柔らかな朝の光。

あの頃、毎日見ていた景色をこんなにも懐かしく思い、泣きたくなるほどの幸せを感じる日が来るなんて……。十五歳の私は知らなかった。

「寝るわけないでしょ！　……あと、おはよう」

いつものように言い返して挨拶も付け足せば、どこかはにかんだような笑みを向けられて、胸の奥がキュンと音を立てた。

軽快におどり出す鼓動は、甘いリズムを奏でていく。

中身は二十五歳の大人なのに、十歳も年下の十五歳の遼の笑顔に心を奪われ、胸はときめきを感じている。

悲しい。

切ない。

嬉しい。

握りしめた。
色々な感情の中でいっそう強く主張している願いを叶えたくて、こぶしをギュッと
そして、〝助けたい〟――。
愛《いと》おしい。

卒業式の予行練習は、十年前となにも変わらなかった。
マイクの調子が悪くなることも、クラスメイトが遅刻してくることも、教頭先生が
盛大なくしゃみをするのも……。
全部、あの日と同じだった。
こうなると、もう夢だと考える方がおかしく感じる。
教室に戻ったときには、今の状況を現実だと認めていた。
もちろん、頭の中は遼を救う方法を考えることでいっぱいだった。
「――さき、美咲！　おーい！」
コツンと後頭部を小突かれて振り向くと、後ろの席の彼が「起きてるか？」とから
かってきた。
遼ののんきな顔に呆れと安堵が混じりあうような気持ちを抱え、「起きてるよ」と
返す。

遼に『美咲』と呼ばれることが嬉しくて、だけどなんだか切なくて。彼のことをどうすれば失わずに済むのかと考えては、涙が溢れ出してしまいそう。

「手紙、書けたか？」

「まだだけど……」

そんな私に微笑《ほほえ》んだ遼に首を横に振れば、眉を寄せられてしまった。

悪戯っぽく「やっぱり寝てたんだろ？」と言う彼に、「寝てないってば」とため息をついて見せる。

すると、不意に真剣な面持ちを向けられた。

「なぁ、提案があるんだけど」

私は、このあとに続く言葉を知っている。

十年前に聞いた台詞《せりふ》を、まだ鮮明に覚えているから。

「十年後に会う約束をしないか？」

あのときとまったく同じ声音で紡がれた、提案。

これを聞いた十五歳の私は、ゆるみそうになる頬をごまかすように平静を装って、

「べつにいいけど」と答える。

「さすが俺の親友！」

「親友になった覚えはないけどね」

なにもかもあの日を再現するように返し、困り顔になりそうな複雑な気持ちを隠して笑う。

遼もあのときと変わらない笑顔で喜んで、「じゃあさ」と続けた。

「十年後、この手紙が届いた一番はじめの日曜日に桜神社に集合、とかは？」

「そんなこと言って、本当に大丈夫なの？　十年後だよ？　二十五歳だったら、どこに住んでるのかもわからないでしょ」

「なに言ってるんだよ。美咲との約束なんだから、守るに決まってるだろ。俺たちは〝みさきコンビ〟で、親友なんだから」

懐かしいやりとりに、胸の奥が軋《きし》んだ。

ねぇ、遼……。私は、遼の親友になりたかったわけじゃないんだよ……。

中学に入学したときに出会った遼とは、なんの縁なのか三年間同じクラスだった。

『松村』と『三崎』で、出席番号が前後。

更には、私の名前が美咲だということで話が盛り上がったのをきっかけにすぐに意気投合し、お互いを下の名前で呼びあうことを決めた。

たびたび〝親友〟という言葉で男女の友情を主張する遼に、いつからか私は素直に喜べなくなったけれど……。

それでも、彼に笑顔を向けてもらえることが嬉しくて、この関係に甘んじていたのも事実。

十年も後悔に苛《さいな》まれるなんて知らなかった十五歳の〝明日の私〟は、この関係を壊すのが怖くて……。想いを伝えられないまま、永遠の別れを経験することになってしまった。

だけど、今度はもう同じ過ちを繰り返したくない。

十年経っても色褪せない想いを遼に伝えて、彼を助けたい。

未来がどうなるのかなんてわからないし、明日なにかを変えられたとしてもそれが必ずしもいい方向に転ぶとは限らないとも思う。

いつか観た過去にタイムスリップする映画では、〝過去を変えないこと〟がルールだったけれど……。私はそんな説明を受けていないから、これは『遼を助けなさい』というお告げなのかもしれない。

強引にご都合主義な解釈にたどりついた私に、遼が「ちゃんと書けよ」と満面の笑みでどこか偉そうに言う。

その表情に、胸の奥がきゅうっと締めつけられた。

「それにしても、こういう伝統って悪くないよな。十年後の自分への手紙を書くなんて、恥ずかしい気もするけどさ。美咲との約束のこととか考えると、ワクワクする」

卒業式の前日に十年後の自分に宛てて書いた手紙は学校に保管され、毎年この季節に十年前のものを校長先生が投函《とうかん》するのがうちの学校の伝統だ。

当時のまだなにも知らなかった私も、彼と同じように思っていた。

「桜神社のこと、ちゃんと書いておけよ」

「大丈夫だよ。〝私は、一日も忘れたりしない〟から」

「なんで言い切れるんだよ」

訝《いぶか》しげな視線を寄越す遼に曖昧に笑って、再び前を向いた。

あの日とまったく同じ内容をしたためたあと、すこし悩んでから『十五歳の松村美咲より』という最後の一行を修正テープで消した。

それから、握っているペンに力を込めて、一言一句に願いを込めるように新たな言葉を連ねていく。

遼が生きていることを祈ります。
あと二十四時間しかないけれど、
なにかひとつでも変えてください。
たとえ、この恋が実らなくてもいい。
どうか、どうか——。

「美咲？　書けたか？」

強い想いを込めてペンを動かしていた私は、遼の声にハッとして振り返った。

「……なんで泣いてるんだよ？」

彼に指摘されて初めて、涙が頬を濡らしていることに気づき、慌ててそれを拭う。

「明日が卒業式だと思うと、寂しくなっちゃった……」

遼のことを書いているんだよ、なんて言えない。

だから、「泣くのが早すぎないか？」と呆れ顔をしている彼に、泣き顔を隠すために微笑んでから前を向いた。

もしここに書いたことが叶うのなら、きっと私の想いは叶わない。

私を過去に連れてきてくれたのが桜神社の願い桜なのだとしたら、叶う願いはたったひとつ。

だけど……十年以上も片想いのまま生きてきた私にとって、この恋が実らずに散る代償が新たな願いの成就であるのならば、充分すぎるくらいだ。

「遼、約束だからね」

「ん？　あぁ、わかってるよ。十年後、どこにいても……だろ」

楽しげな表情に、胸が甘く切ない音を立てる。

こんなにも苦しくなるような愛おしい感情は、二十五歳の私も感じたことはない。

遼に気持ちを言えなかった十五歳の私は、私たちには明日が当たり前のように来るのだと思いこんで疑わず、卒業式の日に彼に告白できなかった自分自身を『引っ越しまでにまだ時間はあるよ』と慰めた。

遼を失って十年の月日を歩んだ昨日までの二十五歳の私は、彼に二度と会えないという現実に嘆き、過去を悔やみ続けて生きてきた。

それらを経験して再び十五歳に戻った私は、一度失った大切な人ともう一度会えたことに対する大きな喜びと、このままではまた大切な人を失ってしまうかもしれないという恐怖心を抱いている。

そして、相反する感情に包まれながら大好きな笑顔を見つめ、苦しくも愛おしい想いに胸の奥を強く締めつけられていた。

タイムリミットは、約二十四時間後。

それまでに私は、遼の未来を変えたい。

なにをどうすればそれが叶うのかはわからないけれど、少なくとも十年前とはちがう行動を取らなければいけないはず。

チャンスは、何度も訪れない。

それだけは嫌というほどに理解しているから、とにかく彼の運命を変える方法を模索していた――。

＊＊＊

二〇一五年三月十七日。

眠ってしまえばタイムスリップが夢になるんじゃないかと不安で、一睡もできないまま卒業式の朝を迎えた。

十年前は、遼に告白することへの緊張で眠れなかったけれど、今は別の理由で一睡もできなかったなんて……。

複雑な気持ちで微苦笑を零したあと、十年前よりも一時間早く支度を済ませ、紘子に【先に行くね】とメッセージを送ってから家を出た。

早く登校することに意味があるのかはわからない。

ただ、なんでもいいから、すこしでもたくさん十年前とはちがう行動を取りたかったのだ。

道に落ちている空き缶を拾うとか、一番に教室に行くとか。

たとえ些細《ささい》なことでも、十年前にはしなかったことをすれば、歯車がすこしずつ動きを変えるかもしれない。

〝たとえ〟とか、〝かも〟とか。あてにならないことにすがるくらいしか、思いつかなかったから。

教室に行くと、まだ誰も来ていなかった。

静かな教室にはたくさんの思い出が溢れていて、瞼を閉じればクラスメイトたちの笑い声が聞こえてきそうな気がする。

ひとりきりの教室では心細さを感じたけれど、遼を救うためにできることを考え続けた。

桜神社で別れるのがもっと遅ければよかったのかな？　それとも、引き止めればよかった？

不安が募っていく中、ふと教卓を見ると、便箋と封筒が置いてあった。

昨日のうちにクラス委員が全員分の手紙を集めていたから、ここにあるのは余ったものだろう。

真っ白なそれらをひと組取り、自分の席に着いた。

お気に入りのペンを握り、封筒に宛名書きをして、便箋にも文字を書いていく。

なにを書いても無駄かもしれない。

だけど、もしかしたら無駄じゃないかもしれない。

そんなことを考えながらていねいに書くことを心がけたけれど、緊張しているせいか指先が冷たくて、文字が震えていた。

もし生きていたら、
桜神社に会いに来てください。
私は今もあなたが好きです。

願かけのように想いを綴《つづ》った便箋を綺麗に折って、【三崎遼様】と書いた封筒の中に入れる。

その足で職員室に向かい、パリッとした礼服に身を包んだ担任の先生に声をかけ、昨日集めた手紙の中に書いたばかりの新しい手紙を入れてもらった。

先生は不思議そうな顔をしつつもなにも追及せずに聞き入れてくれたから、お礼を言って教室に戻った。


「あれ、美咲？　うわー、今日は一番に来るつもりだったのに負けたー！」

悔しげな声音が耳に届いて顔を上げると、教室のドアの傍に遼がいた。

彼は肩を落としたあと、すぐに「まぁいいか」と気を取り直したように笑った。

「美咲なら許す。なんて言ったたって親友だしな」

私の後ろの席に座った遼の方に体の向きを変えると、彼は「それにしても早すぎるだろ」と苦笑を零す。

なにげなく窓の向こう側に視線を遣った遼の横顔を見つめながら、どうすれば数時間後に彼を待ち受けている悲しい運命を変えられるのだろう……と必死に思考を働かせた。

「なぁ、ちょっと探検しないか？」

クルリと顔を戻して私を見た遼は、名案だと言わんばかりの笑顔だった。

予想もしない言葉に戸惑ったのは、十年前には言われなかった台詞だったから。

よく考えれば、それは当たり前のこと。

あの日は紘子と登校してきて、友人たちと写真を何枚も撮って盛り上がり、遼とはチャイムが鳴るまで話すタイミングがなかった。

そのときに、『今日は一番乗りだった』ということを彼から聞かされて。まだ告白するつもりでいた私は、緊張を隠すために『今日は槍《やり》が降るんじゃない？』と可愛《かわい》くない切り返しをしたのだ。

「まだ時間はたっぷりあるし、卒業式の前に親友どうしの思い出を作ろう！」

一瞬泣きそうになったのをグッと堪え、すこしだけぎこちなさを残した笑顔で頷く。

すると、嬉しそうな笑みが返され、「行こう！」と弾んだ声を追うように立ち上がった。

ひんやりとした空気が漂う廊下。

消毒液の匂いに包まれた保健室。

空っぽのプール。

人の気配がない校庭。

ひとつひとつに様々な思い出があるから、それらをたどるほど切なくなっていく。

「図書室は鍵が閉まってるな。残念……」

「遼は本なんて読まないんだから、図書室はほとんど使ったことがないでしょ」

「いやいや、俺ほどの読書家はいないだろ？」

「はいはい。どうせマンガ限定の話ね」

「バレたか。さすが親友様だなー」

楽しそうに笑う遼が眩しくて、彼からひとときも目を離したくないという思いとは裏腹に、その顔を直視できない。

きっと、遼が生きていたら、こんな気持ちになることはなかった。

この恋が実らなくて彼との日々が切ない思い出になっていたとしても、いつかそれは甘酸っぱい記憶となって心の中に大切にしまっておけただろう。

だけど……遼がいない未来を知っている私は、ほんのすこしでも気をゆるめると泣いてしまいそうで。彼の明るい笑顔に胸が締めつけられて、上手《うま》く笑うことができない。

「美咲？　なんで泣きそうになってるんだよ」

「え？　べつに泣きそうになんか……」

「バーカ！　親友の目をごまかせると思うなよ！　昨日も泣いてたけど、卒業が寂しいって感じの顔じゃなかった」

遼は、私の気持ちを見透かすように真っ直ぐな双眸《そうぼう》を向けてきた。

吸いこまれてしまいそうなほどに真剣な表情は、私を心配してくれているのがわかって、力強い眼差《まなざ》しと優しさに胸がキュンと高鳴った。

「もちろん、寂しいだけじゃないよ！　私は福岡に引っ越すんだもん」

幸いにも進学と同時に引っ越したから、高校ではそれなりに友人もできた。

ただ、そんな未来をまだ知らないこの頃の私は、中学校を卒業することに対する寂しさだったり、知らない土地に行かなきゃいけないことがつらかったりして、とにかく漠然とした不安を抱えていた。

だから、遼との関係まで壊れてしまうと受け止め切れなくなりそうな気がして怖くて、最後の最後まで想いを口にできなかった。

伝えられないまま永遠に会えない方がずっとずっと苦しい思いをすると知っている今なら、あのときの不安や怖さなんて乗り越えられたのかもしれない……と思えるのに……。

「べつに福岡に行ったってずっと友達だし、新幹線とか飛行機なら数時間だろ？　お前が本当につらいときには、俺が会いに行ってやるから」

ぶっきらぼうな言い方だったけれど、必死に堪えていた涙が零れてしまうくらい、彼は柔らかな笑みを浮かべていた。

ずるい……。十歳も年下のくせに、泣かせないでよ……。

「だから、泣くな。今日は笑って過ごそう」

白い歯を見せて笑う遼が、私の髪をぐしゃりと撫《な》でる。

優しくなんてない手つきだったけれど、彼の熱い手から与えられた力強い仕草に、ずっと前に進めずにいた心がほんのすこしだけ救われた気がした。

ただ、私は救われたいわけじゃない。

「遼」

大切な人を――遼を、救いたい。

だから、彼の気持ちはとても嬉しかったけれど、まだ涙で濡れたままの目尻を拭ってから口を開いた。

「卒業式が終わったら桜神社に来て。伝えたいことがあるの」

真摯な視線に向きあうように真剣な表情になった私に、遼は驚いたような顔をしていたものの、程なくして頷いてくれた。

「わかった」

「待ってるから、絶対に来てね」

「うん、約束する」

今日は、十年前とちがっていることがいくつもある。

どれだけたくさんの〝ちがい〟を重ねれば未来を変えられるのかはわからないし、もしかしたらどんなに行動を変えてもなにも変わらないかもしれない。

だけど、一縷《いちる》の望みがあるのなら、できることは全部やりたい――。


卒業式は、滞りなく終わった。

十年前とはちがう行動を取ったことで、てっきり卒業式でもなにか変わるかと思っていた。

それなのに、忘れていたことや薄れていた記憶すらも鮮明にさせるかのように、〝見たことがある景色〟しか目にすることがなかった。

こうなると、いよいよ不安が大きくなってくる。

遼が事故に遭ったのは、二〇一五年三月十七日の午後四時過ぎだった。

私が過去にタイムスリップしたことで、なにかすこしでも好転するんじゃないかという期待を持っていたけれど……。もしかしたら、そのせいでもっと悪い方向に転ぶこともあるかもしれない。

考えれば考えるほど不吉なことしか浮かばなくなってきて、校舎を背に友人と楽しそうにしている遼を見つめながら、不安に押し潰されてしまいそうだった。

「美咲、ちゃんと言えそう？」

不意に耳打ちしてきた紘子が、心配そうに私を見ている。

過去の私は、このときに『無理かもしれない』と弱気な発言をして、彼女に『このまま会えなくなってもいいの⁉』と叱咤《しった》激励された。

あの日は、その言葉通りになるなんて思ってもみなかったけれど……。それが現実になってしまった未来を一度歩んできたから、ありふれた日々が当たり前じゃないことを痛いくらいに理解している。

だからこそ、同じ過ちを繰り返す気はない。

「大丈夫。〝今度はちゃんと伝える〟って決めたの」

「え？　今度って……？」

意を決した私の言葉に、紘子は怪訝そうに眉を寄せた。

そんな彼女に、小さな笑みとともに「ありがとう」と告げる。

そして、深呼吸をひとつしたあと、遼の傍に行った。

「遼。朝にお願いしたこと、今からでもいいかな？」

「え？」

「私といっしょに来て」

そう言った直後、男子たちが色めき立った。

誰かの「みさきコンビがとうとう夫婦になるのか!?」という中学生らしい囃《はや》し立て方に苦笑がもれそうになったけれど、私は遼だけを見つめたまま周囲には目もくれなかった。

そんな私に真摯に応えるように、彼がすこしの間を置いてから頷いた。


十年前は、私が桜神社で遼のことを待っていた。

だけど今は、〝もしものこと〟を考えると先に行って待っているのが怖くて、彼の運命を見張るような気持ちでならんで歩いた。

「そんなに急いでたのか？」

「そういうわけじゃないんだけど……。あ、ごめんね。写真、もっとたくさん撮りたかったよね」

「いや、それはいいんだけど」

言葉を止めた遼が、頬を掻《か》いて苦笑する。

彼がそんな顔をする理由がわからなくて小首を傾《かし》げると、ため息が零された。

「俺、あとであいつらとカラオケに行く約束してるんだ。合流したら、からかわれそうじゃん」

心臓《しんぞう》がドクンと音を立てる。

嫌なリズムで鼓動を刻み始めた胸の奥をごまかすように、アハハッと明るく笑った。

「からかわれるくらい、べつにいいじゃない」

死んじゃうよりも、ずっとずっといいよ……。

抱えた本音を心の中で留めた私に、再びため息が返ってきた。

「からかわれるのは俺なんだからな」

「うん、ごめんね」

素直に謝罪をして曖昧な笑みを返すと、遼は不満げな顔で「まったく……」と呟いた。

ぶっきらぼうだけれど、怒ってはいないのはわかる。

そんな彼の優しさに、泣きたくなるほどの愛おしさが芽生えてくる。

学校を出るまで冷やかされていたから、きっとあとでもっとからかわれるだろう。

でもね、その方がずっといいんだよ……と心の中で零して、小さな苦笑を見せた。

見上げた先には、朱い鳥居が構えている。

ここに来るのは一昨日以来だけれど、なんだか懐かしいような、奇妙な気持ちになるような、複雑な感覚に包まれた。

決意を抱えなおすように深呼吸をした私は、遼とふたりで桜神社に足を踏み入れた。

「さすがにまだ咲いてないな」

「咲くのはもうすこし先でしょ」

「まぁ、そうだよな。やっぱり、美咲が引っ越すまでには咲かないよな」

ぽつりと言葉を落とした彼を見れば、「お前、この桜が好きだっただろ」と眉を下げながら笑みを向けられた。

「去年の春にみんなでいっしょに見に来たとき、他の奴《やつ》らはすぐに遊び始めたのに美咲だけずっと桜を見てたよな」

「あ、うん……」

「だから、美咲が引っ越す前に咲けばいいなって思ってたんだ」

微笑む横顔は、どこか寂しげだった。

零された思いが本心からのものだと伝わってきて、息もできないほどに切なくなる。

遼が一年前の些細な出来事を覚えていてくれたことが、とても嬉しい。

あの日、みんなは桜なんてほとんど見ていなかったけれど、私だけはずっと満開の桜の木に魅せられてこの場から離れなかった。

もう私自身ですら忘れてしまっていたのに、彼はまるで昨日のことを話しているみたいだった。

たしか、十年前にも同じ会話を交わし、そのときも同じことを思った。

そういえば、十年前は願い桜が咲くのを見ることができないまま引っ越すことになったから、十五歳の私がこの桜の木を最後にいっしょに見た相手は遼だった。

あのあとには彼が永遠に目を開けてくれなくなるなんて思いもしなかった帰り道、告白できなかったことに落ちこみながらも振られなくて済んだという安堵感があったのも事実で、引っ越しの日までに伝えるべきか言わずにいるべきか悩んでいた。

そして、その数時間後。

遼が還らぬ人となった姿を目の当たりにして、現実を受け入れられないグチャグチャの頭の中で、悲しみと後悔が押し寄せてきた。

それから十年の間、どうすることもできない後悔ばかりを募らせて生きてきた私は、一昨日になってようやくこの地を訪れ、願い桜と再会を果たした。

十年前の卒業式の日にここに来たときとはまったくちがう気持ちで見た桜は、相変わらず気高さを感じるほどに美しかった。

「そんな顔するなよ」

不意に声をかけられて、ぼんやりとしていたことに気づく。

慌てて遼を見ると、彼は明るい笑みを湛《たた》えていた。

「写真、送ってあげるからさ」

あぁ、そうだ……。

遼は、あの日もそう言ってくれた。

「春休み中に毎日見に来て、開花のときも満開のときもいっぱい写真送るよ」

友人のいない土地に行くことへの漠然とした不安を抱えていた私を、優しく励ますように。

大丈夫だ、と背中を押すように。

彼は、あの日となにひとつ変わらない台詞を満面の笑みで紡いだ。

「本当に？　遼のことだから、三日坊主になるんじゃないの？」

嬉しくてお礼を言いたかったのに、告白するつもりだった十五歳の私は、緊張に負けてしまって、それを可愛くない口調でごまかそうとする。

「おい、こら。人の親切になんてこと言うんだよ」

するとやっぱり十年前と同じ言葉が返ってきた。

〝守るよ、美咲との約束だ。十年後の約束も忘れたりしない〟

「守るよ、美咲との約束だ。十年後の約束も忘れたりしない」

記憶に鮮明に刻まれたままの誓いを心の中でそっと呟けば、一言一句が綺麗に重なった。

十年前にも感じた胸が焦《こ》がれるような想いを、あの頃となにも変わらないまま想起させられる。

これは、十五歳の私が抱いていた感情なのか。

それとも、二十五歳の私が感じている気持ちなのか。

もう、わからなくなっていた。

「遼」

「なんだよ。まだ疑って――」

「約束だよ。絶対、絶対……桜の写真も、十年後も、ちゃんと約束を守ってよ」

「うん。絶対に守るよ」

あまりにも真剣に言う私に、遼は目をわずかに見開いたあとで、真っ直ぐな瞳で頷いてくれた。

それでも、まだ足りなくて、おもむろに唇を動かす。

「破ったら許さないから。一生許してあげないんだから……」

いつの間にか声が震えていて、言い終わる頃には視界が滲んでいた。

「美咲？」

一生許してあげない、なんて身勝手な言い草だと思う。

だって、遼はきっと桜の写真を送ってくれたはずだから。

今となってはもうわからないことだけれど、彼なら本気で約束を守ってくれようとしたと、信じている。

だから、この約束が果たされることがなかった未来を知っている私は、せり上がってくるたくさんの感情を堪え切れなくなって……。瞳から小さな雫《しずく》を落とした。

「おいっ、泣くなよ！　そんなに大袈裟《おおげさ》な話じゃないだろ？」

焦ったように私をなだめる遼は、「いつもみたいに笑えよ」と困り顔になる。

その表情は、二十五歳の私から見るととても一生懸命に思えて、涙が溢れてくる中で彼のことを可愛いと感じてしまう。

同時に、口元から微《かす》かな笑みがもれた。

「そうだね……」

十年前は、遼が約束を守ると言ってくれたあと、私は『絶対だからね！』と強く言っただけだった。

それなのに、十歳も年上になってしまった私が彼を困らせているなんて……。

もちろん、遼から見れば今の私は彼と同い年だけれど、本当は一昨日にタイムスリップしてきたのだ。

本来の目的は、このときの約束を遼に果たしてもらうことじゃない。

ただ、一昨日から今日までに私が何度も十年前とは言動を変えているにもかかわらず、さっきみたいに彼に同じ台詞を言われたりするから、このままでは未来を変えられる気がしなかった。

人ひとりの運命を変えるには、もっと大きなことを為《な》さなければいけないのだろうか。

だけど、私に残っている切り札は、多分あとひとつしかない。

「遼、あのね……朝に言ってた、伝えたいことなんだけど」

ゆっくりと息を吐いて、遼の顔を見つめる。

彼は、私の言葉につられるかのようにわずかに顔を強張《こわば》らせたあと、真っ直ぐな瞳で私を見据えた。

私たちの間を柔らかな風が通り抜ける。

ここに来るまでに覚悟を決めてきたはずだった。

十年も後悔し続け、あの日に心に刻まれた深い悲しみをいまだに抱えているのだから……。それに比べれば、告白なんてたいしたことじゃない。

そんなふうに考えていたけれど、いざとなると緊張で頭が真っ白になりそうになって、遼を見つめたまま言葉がなかなか出てこなかった。

すると、彼はそんな私を思いやるように、優しい笑みを浮かべた。

「ゆっくりでいいよ。ちゃんと聞くから」

瞳を柔らかくゆるめて、穏やかに言う。その表情と声音に、鼓動が小さく跳ねた。

遼にときめくのは、何度目のことだろう。

もしかしたら十年後のことは長い夢だったのかもしれない——なんて思い始めてしまうほどに、私は十五歳の彼に恋をしている。

胸の奥が甘く締めつけられて、鼓動が高鳴って。十五歳だったあの頃と同じように、恋焦がれている。

「好きなの」

そして、気がつけばためらっていたのがうそのように、自然と想いを紡いでいた。

十年前には、伝えることができなかった恋情。

たったの四文字は二秒にも満たないくらいで紡げてしまって、ちゃんと声にできたのかと思ったほど。

ただ、その心配は必要なかったようで、一瞬ぽかんとしていた遼の頬がみるみるうちに赤くなっていった。

「私ね……ずっと遼のことが好きだったの」

もう一度はっきりと伝えれば、まるで待ち構えていたかのように続けて言葉が出てきた。

「今まで言えなかったけど、伝えられないまま離れ離れになっちゃったら、絶対に一生後悔するから……。今、ちゃんと伝えたかったんだ」

どうすることもできない後悔を抱えて生きてきたけれど、二度目のチャンスでようやく彼への想いを言葉に変えることができた。

これだけでは伝え切ることはできないけれど、どんなにたくさんの言葉をならべてもすべてを上手く伝えられるとは思えないけれど……。

それでも、私は——ようやく、遼に想いを届けられた。

彼は十年もかかってしまったなんて知らないのに、やっと言えたという気持ちが強くて、思わずそれまで口にしてしまいそうになった。

「あー、うん……。そう、だったんだな……」

すこしの間を置いて、遼は独り言のように零したあと、「そっかぁ」と息を吐いた。

胸の奥が痛んだのは、彼が困っているのが見て取れたから。

両想いだと思っていたわけじゃない。

遼はずっと私たちの関係を親友だと主張していたし、彼が私を恋愛対象として見ていなかったことくらい十五歳のときから知っていたから。

それでも、困り顔でため息をつかれると、つい傷ついてしまう私がいた。

『大丈夫だよ。ふられるってわかってたから』

頭の中で用意した言葉が、上手く出てこない。

遼を困らせているとわかっているのに、この想いが実らなくてもいいから……と願ったはずなのに、彼の口から謝罪を聞くのが怖かった。

逃げるように視線を彷徨《さまよ》わせたとき、願い桜の木の幹が目に留まった。

そっと見上げれば、まだ蕾しかつけていない枝が私を見つめている。

なに考えてるの……！　ちがうでしょう……？

私の気持ちを優先するために、ここに来たわけじゃない。

想いを伝えたかったのは、本心だけれど……。私は遼のことを助けたくて、彼の未来を守るためにここに来たということを、あらためて心に刻んだ。

「遼、あのね──」

「なんだ……両想いかよ」

視線を戻した直後に予想もしていなかった言葉が耳を通り抜け、聞き間違えたのかと思うよりも早く、遼が照れくさそうに笑った。

「先に言うとか、ずるいだろ」

悔しげに微笑む彼は、「先に言うなよ」と拗ねたように言って、後頭部をガシガシと掻いた。

「明日、言うつもりだったんだ……」

「遼……？」

遼から視線を逸《そ》らせないまま、落とされていく言葉を必死に追いかけた。

考えてもみなかった結果に思考が追い着かなくて、だけど先に追い着いたらしい心がギュッと締めつけられる。

「それなのにさ、先に言われるとか……男として情けないだろ」

ぽつりと吐いた彼を前に、甘い苦しさの中から喜びが芽生え、押しこめるつもりだった想いが体の奥底からせり上がってくる。

私は、欲張りだ。

悲しすぎる未来を知っていて、伝えることすらできなかった想いを後悔とともに抱えてきたからこそ、この恋が実らなくてもいいと思っていたのに……。両想いだとわかった途端、遼の傍にずっといたいと思ってしまった。

「美咲」

自分自身の欲に戸惑っていると、彼に優しく呼ばれた。

「美咲は来週になれば引っ越すし、離れ離れになるけどさ……。付き合ってほしい」

「え？」

「春からやっと高校生になる俺たちはまだまだ子どもで、簡単に会いに行くこともできないけど……。俺は、これからも美咲といっしょにいたい。離れてしまっても、この気持ちは変わらないと思う。だから、俺と付き合ってください」

真剣すぎる瞳に捕まって、視線を奪われる。

ひたむきな想いをぶつけられて、胸の奥が甘い音を立てた。

キュンキュンと反応する心が、ひとつの返事しか用意させてくれなくて。気がつけば、何度も首を縦に振っていた。

「うんっ……！　私も、遼といっしょにいたい……！」

素直な気持ちを返した直後、遼が満面に笑みを咲かせた。

それはまるで、あの満開の桜のような表情で、歓喜をあらわにする彼に不安が小さくなっていく。

もしかしたら、未来を変えることができたのかもしれない。

そんなふうに考えたのは、十年前にはなかった状況が起こったから。

十年前は告白ができなかったし、もちろん遼が想いを伝えてくれることも、ましてや両想いだったなんて知ることもなかった。

それが今は、想いが届き、彼も好きだと言ってくれた。

あの日にも、そして十年後にもなかった結果。

ここまで大きく変わったのなら、この先の運命を変えることもできたんじゃないだろうか。

そんな気持ちでいると、遼のスマホが鳴った。

刹那、心臓が大きく跳ね上がった。同時に、嫌な感覚に心が包まれていく。

「あっ！　俺、もうちょっとしたら行かないと」

じわじわと広がり始めた不安があっという間に大きくなり、ほんの一瞬だけの幸せな時間を壊して、心を暗闇に引きずりこもうとしてくる。

「待って、遼！　今日はずっといっしょにいよう？　ここでずっと……」

必死に引き止める言い訳を用意しようとしているのに、思考がちゃんと働いてくれない。

案の定、遼は困惑しているようで、彼の顔には戸惑いの色が浮かんでいた。

「あのさ、美咲……明日じゃダメか？　高校で寮に入る奴もいるし、それまでにみんなで集まれるのは今日だけなんだ」

あの日も、遼は桜神社に着いた直後にそう言っていた。

だから、彼をあまり引き止めることができなくて、自分自身もすぐに紘子たちと合流したのだ。

だけど、今はそれを呑《の》むわけにはいかない。

ここで遼を行かせてしまったら取り返しがつかなくなる、というのは直感でわかっていたから。

「遼、お願い……。今日だけは、私といっしょにいてほしい。こんなワガママを言うのは、今日だけだから……。そしたら、もう二度とワガママなんて言わないから……」

「美咲、どうした？　お前、そういうこと言う奴じゃないだろ？」

「……理由は言えない。でも……行かせたくないの……！」

語尾が強まった私に、彼はますます困惑の表情になる。

さっき見せてくれた喜色は、すっかり消え失せていた。

せっかく両想いになれたのに、私たちの間にはそんな雰囲気は微塵《みじん》もない。

「本当にどうした？　そんなこと言うなんて、美咲らしくないだろ？　美咲はちょっと素直じゃないところもあるけど、みんなに優しくて……どんなときも友達思いで、周りのことを考えてる奴じゃん」

困惑の色が強かった面持ちが、心配そうなものに変わる。

遼は数秒だけ黙ったかと思うと、穏やかな声音で「なにかあるんだろ？」と付け足した。

冷静になって、ちゃんと考えて。上手く言い訳を考えれば、きっと彼を引き止めることはできるはず。

そう思っているのに、不安に駆られる心に邪魔をされて思考が働かない。

再び視界が滲み出し、遼の顔が見えなくなっていく。

このまま彼が消えてしまうんじゃないかという恐怖が心によぎったとき、考えるよりも早く口が動いていた。

「お願い、行かないでっ！　行ったら、遼が死んじゃう……！」

涙混じりの声が静かな神社の空気を揺らし、とっさに掴《つか》んだ遼の胸元を強く握った。

今はこんなにも近くにいるのに、私が知っている未来に彼はいない。

それを伝えたところで信じてもらえるわけがないとわかっていたのに、気づいたときには事実を口にしていた。

「は？　なんだそれ……。美咲、なに言ってるんだよ……」

当たり前だけれど、怪訝な顔つきになった遼は、理解不能だと言わんばかりに言葉を吐いた。

ただ、その瞳には不安が浮かび始めていた。

「わかってる……信じられないよね……。でも、うそじゃないの……！　このままだと、きっと本当に遼は死んじゃうの……」

「いや、死ぬって……。冗談にしては笑えないからな」

「……っ！　冗談なんかじゃないの！」

まるで小さな子どものように泣いて訴えながら、理解してもらえるはずがないと思う。

だって、逆の立場なら、私は信じることができない。

「じゃあ、どうして美咲がそんなことわかるんだよ？」

それでも、落としてしまった言葉を戻すこともできないから、手の甲で涙を拭って深呼吸をしたあと、彼をしっかりと見据えた。

「私……未来から来たの」

「……は？」

「二十五歳になって十年後の約束を守るためにここに来たけど、遼は来なかった……。だって……遼は……」

零れる雫が頬を濡らし、言葉に詰まる。

「今日の夕方、みんなで遊んだ帰りに事故に遭うから……」

「なんだよ、それ……」

驚愕する遼からは訝しげな表情は消え、代わりに動揺をあらわにしていた。

「信じられないってわかってるけど、遊びや冗談でこんなうそついたりしない。せめて、四時半まではここにいて……。お願いっ……！」

握ったままの学ランの胸元に皺《しわ》が寄り、グチャグチャになっている。

彼は、私を見下ろしていた視線を一旦逸らし、宙を仰ぐように願い桜を見上げた。

程なくして、再び視線がぶつかった。

「……正直、なに言ってるんだって思う」

信じてもらえなくて当然だとわかっている。

だけど、真剣なやりとりの中で好きな人に信じてもらえないのは、思っていた以上に胸が苦しかった。

「でも……」

そんな私に続けて投げかけられたのは、どこか落ち着いた声音。

「美咲は、理由もないのに人を困らせるようなことは言わないよな……」

困惑を隠さずに私を見つめている遼は、「まったく意味はわからないけどな」と不安の混じった瞳で微笑する。

そして、それらの感情を顔に残したままの彼が、ゆっくりと息を吐いたあとで「詳しく聞かせて」と言った。

「……信じてくれるの?」

涙で濡れた瞳で遼を見上げれば、複雑そうな笑みとともに頷かれる。

「言っただろ。美咲は、こういうことは言わない。マンガみたいで馬鹿げてるって思うけど、お前の顔を見てるとうそだとは思えない。だから、信じるよ」

「遼……!」

「だって、美咲は親友で……今日からは、俺の彼女だもんな」

涙が再び零れ、ポタポタと落ちていく。

そんな私の背中に、そっと温《ぬく》もりが添えられた。

「大丈夫だ、俺は死んだりしない。せっかく美咲と両想いだってわかって、付き合えることになったんだからさ」

それが遼の手だと気づいたのは、直後のこと。

今は私が年上で、彼の方がずっとずっと不安なはずなのに、いつもと変わらない優しい笑顔を見せてくれる。

その強さに、心が震えた。

「こんな日に死んだら成仏できそうにないし。ほら、浮遊霊ってやつ？　あれになるのはごめんだね」

どこかおどけたように笑う遼につられて、微かな笑みがもれる。

「それに、俺はまだまだやりたいことがたくさんあるんだ。高校でもサッカーをやって、いっぱい遊んで、バイトもして、美咲とデートもしたい。水族館とか遊園地とか、九州旅行もいいいな」

当たり前のように未来のことを話す彼は笑顔だけれど、瞳は揺れている。

必死に明るくいようと努めている遼の優しさに気づいて、伸ばした右手で私よりも大きな左手をギュッと握った。

「うん……私も遼とたくさんデートしたい。いっぱい遊びに行って、数え切れないくらいの思い出を作りたい」

未来では叶えることはできなかった、私の夢。

だけど、今ならきっと叶えられるはず。

そう信じて左手で涙を拭い、精一杯笑って見せた。

「遼は私が守るよ」

自然と零れた想いに、一瞬だけ驚いたように目を丸くした彼が苦笑する。

「そういうのは、男の俺の台詞だろ?」

「いいじゃない。私だって、遼を守りたいんだもん。きっと、そのために未来から来たんだと思うから……」

「……そうだな」

遼は小さく頷くと、私たちを見守るように立っている願い桜を見つめた——。

「美咲が知ってる俺の運命……って言うのかな……。詳しく聞かせて」

意を決した様子の遼に、私が見た十年前のことと、彼の友人から聞いた一部始終を伝えた。

すべてを打ち明けるのは怖かったけれど、きちんと話さなければいけないと思ったし、遼にはそれを知る権利がある気がしたから。

「交通事故か……。無駄に運動神経がいいくせに、さけられなかったのかよ……」

自嘲気味に呟いた彼に、心がズキリと痛む。

「親とか、じいちゃんばあちゃんとか、友達とか……それから、美咲のことも悲しませたんだよな」

「遼……」

目撃者の話では、七十代後半の男性がアクセルとブレーキを踏み間違えて暴走させてしまった車に撥《は》ねられた遼の体は一瞬で宙に舞った……ということだった。

鉄の塊に猛スピードで突っこんでこられたら、人の体ではどうすることもできない。

だから、責任を感じるような顔をしている彼を見るのが、とても苦しかった。

「遼はなにも悪くないよ。事故だったんだもん。どうしようもなかったんだよ……」

願い桜の下で腰を下ろしている私たちは、さっき握ったお互いの手を離そうとはしなかった。

眉を下げた笑みを向けられた私は、また滲み始めた視界をごまかすように口角を上げる。

「それに、未来は変わったと思う」

「え?」

「だって、本当は私……遼に告白できなかったんだ。すごく後悔したけど、引っ越すまでにまだ時間はあるって自分を慰めて、このあとに会うはずだった紘子たちに励ましてもらって……」

「そっか……」

「だから、遼に自分の気持ちを伝えられなくなるなんて思ってもみなかった……」

「じゃあ、もしかして俺たちは付き合えてなかったのか？」

「うん……」

十五歳だった私は、遼への想いを伝えられないまま、彼と永遠に会えなくなってしまった。

だけど、その後悔があったからこそ、今度こそちゃんと伝えることができた。

こんなふうにならなければ伝えられなかったなんて情けないかもしれないけれど、とにかく今は未来が変わってくれることだけを祈っていた。

そして、私たちは不安を埋め尽くすようにたくさんの思い出話をして、何度も笑った。

「もうこんな時間か……」

不意にぽつりと呟いた遼は、スマホで時間を確認したようだった。

「そろそろ帰らないと、美咲の親が心配するな」

見せられた画面には十六時四十九分と表示され、彼が事故に遭った時間をとっくに過ぎていた。

空はその身を赤く染め始め、夜に向かっている。

もう大丈夫なはずだと思うのに、確信が持てなくて不安を感じていると、明るい笑顔を向けられた。

「大丈夫だって」

「でも……」

「美咲が知ってる過去では、俺たちは付き合えなかったんだろ？」

「それは……そうなんだけど……」

「でも今は、両想いだってわかって付き合えることになったし、俺も美咲も友達のところに行かずにずっといっしょにいた。美咲が知らない時間を過ごしたんだし、事故に遭った時間もとっくに過ぎてる」

私の気持ちをすくい上げるように、優しい声音が鼓膜をくすぐった。

「それに、さっき願い桜にお願いしたんだ。美咲とずっといっしょにいられますように、って」

「遼……」

「だから、大丈夫だ。帰ろう、いっしょに」

「うん……」

立ち上がった遼に手を引かれ、足を踏み出す。

夕暮れに染まる空の下で立っている桜の木を祈るような気持ちで見上げ、彼とともに桜神社の階段を下りた。

だけど、不安を消せないせいで言葉が出てこなくて、沈黙が続く。

そんな空気を変えるように、「そういえばさ」と遼が切り出した。

「美咲って、どうやって未来に戻るの？　普通、マンガとかだと未来に帰るよな？」

「えっと……どうすればいいんだろう……」

正直に言えば、このままでいたいという気持ちがあった。

仮に十年後に戻ったとしても、遼とずっといっしょにいられるのかなんてわからないし、彼の未来がどうなったのかを知る術《すべ》もない。

だったら、いっそのこと十五歳のままでいたかった。

ふと、また欲張りになっていることに気づいて、自嘲混じりの笑みを落とす。

遼を救いたいと思っていたはずだった。

それなのに、今度は彼と同じ未来を歩みたい……なんて考えるのは、きっとずるいこと。

「まぁ、どっちでもいいか」

自分自身のずるさにため息をつきかけた直後、明るい声が降ってきた。

「美咲が未来に戻っても俺の気持ちは変わらないし、生きてさえいればまた会える」

私の視線の先では遼が笑っていて、夕陽を背中に背負った彼がとても眩しい。

だけど、目に焼きつけたくて、真っ直ぐに見つめた。

「もし、今の美咲が未来に戻って、〝本当の十五歳の美咲〟が今日のことを忘れてたとしても、俺がちゃんと覚えてる。二十五歳になった美咲も、ちゃんと約束を守ってくれた。だから、このまま離れることになっても、十年後の約束は消えたりしない」

「うんっ……！」

当たり前のように未来の話をする遼に、涙混じりの笑顔が溢れ出す。

未来がどうなるかはわからないけれど、過去を変えることはできた。

なによりも、彼の言葉を信じていたくて、私は何度も大きく頷いた。


角を曲がると、遼の家が見える。

心配で『送らせて』と言った私に、彼は『美咲の帰りが心配なんだけど』と複雑そうな面持ちで返してきたけれど、結局は私の主張が通った。

あと一分もせずにたどりつけるのだから、これで大丈夫なはず。

安堵の表情になった私に、穏やかな笑みが寄越される。

「帰ったらちゃんとメッセージしろよ。あと、明日も会おう」

「うん」

約束を交わしたことを心に刻みつけるように、お互いの手をギュッと握りあう。

手のひらから伝わる遼の体温にホッとした、その刹那――。

「――ッ、美咲っ!!」

私を呼ぶ彼の声が、凄《すさ》まじい速度で耳をすり抜けた。

遼に抱きしめられたことに気づいたのと同時に、世界がぐるんと反転する。

彼の胸元で抱きかかえられた私の視界の端に映ったのは、大型バイク。

どうしてっ……!?

それが声になったのかは、わからない。

反射的に遼にしがみついて瞼を閉じた私の視界は真っ暗になって、彼を離さずにいることに必死だったから――。

＊＊＊

ぼんやりとした視界の中、ほとんど無意識のうちに遼の姿を探していた。

宙に打ち上げられたはずの体に痛みはなくて、それと同じように彼に抱きしめられている感触も温もりもないことに気づく。

「……っ！　遼!?」

自分自身の体を気遣うこともなく叫んだのは、ずっといっしょにいた人の名前。

だけど——。

「え……？　どうして……」

そんな私の視界に飛びこんできたのは夕焼け空でも遼の姿でもなくて、満開に咲き誇る願い桜だった。

すこし前まで見ていたものよりも、伸びている枝。

蕾がわずかについていただけだったはずの桜の木には、淡いピンクが空いっぱいに広がり、花びらをはらはらと降らせている。

制服に包まれていたはずの体は、どう見ても十五歳のときの自分のものじゃない。起こした体の半分をたしかめるように地面を見下ろせば、桜色のスカートが目に映った。

どこを見ても人の気配はなく、途端に不安に駆られる。

ふと足元に見覚えのあるバッグが落ちていることに気づき、慌ててスマホを取り出して画面を見ると、【四月六日】と表示されていた。

時刻は十六時五十七分で、ここで最初に時間を確認したときと同じだった。

困惑しながらもスマホのカレンダーを開くと、左上には【二〇二五年】と記されている。

「夢……だったの……?」

過去に戻ったと思っていたのは錯覚で、すべて私の夢の中でのことだったのかもしれない。

だって、今思えばあまりもできすぎていて、ご都合主義だったから。

どうせ都合のいい夢を見せられていたのだとしたら、せめてそのときだけでも笑って別れさせてくれればよかったのに……。

そんなふうに悪態をついてみたけれど、ずっと繋いでいた右手にはまだ遼の温もりが残っている気がして、夢だと思うにはすべてがあまりにも鮮明すぎる。

見たばかりの光景を脳内で処理できないままでいると、バッグの下に白い紙が隠れていることに気づいた。

手を伸ばして取ったそれは、見覚えがある。

ここに私を呼び寄せた、一通の手紙。

まだ夢か現実かも理解できていない頭が、昨日書いたばかりのように思うのも無理はないのかもしれない。

数日前に届いて暗記するほど読んだ手紙を、おもむろに封筒の中から取り出した。

【松村美咲様】

何度も目にした内容を追いながら、視界が滲んでいく。

夢だったとは思えないけれど、タイムスリップしていたとしても結局は遼を救えなかった。

きっと、多くを望んでしまったから、桜神社の神様を呆れさせてしまったにちがいない。

「ごめんね、遼……」

欲張ったりなんてしなければよかった……。遼が生きてさえいてくれれば、それだけでよかったはずなのに……。

ようやく、ひとつの大きな後悔を消せたはずだった。

だけど、今はまたちがう後悔が濁流のごとく押し寄せてくる。

胸が張り裂けるような痛みを感じた直後、私は走らせていた視線を止めた。

遼が生きていることを祈ります。
あと二十四時間しかないけれど、
なにかひとつでも変えてください。
たとえ、この恋が実らなくてもいい。

十年後の未来にいる私が遼という大切な存在を失っていませんように……。
遼と同じ道を歩むことができなかったとしても、
どうか、どうか――。

綴られていたのは、〝数日前に届いたこの手紙には〟書いていなかったはずのこと。

十年前に戻っていた昨日、わざわざ消して書きなおしたことをよく覚えている。

「なんでっ……！」

なにがいけなかったんだろう……。

桜神社で遼に想いを伝えて、彼も想いを伝えてくれて、両想いだと知った。

十五歳の私ができなかった告白が実り、遼と付き合うことになって、彼が事故に遭う時間が過ぎるまで片時も離れずに傍にいた。

私が歩んだ十五歳のあの日とは、こんなにもちがうのに……。

変わったのは手紙の内容と、遼を撥ねたのが車じゃなくバイクだったということだけ。

結局、彼を十年前に置き去りにして、私だけが大人になってしまった。

「……っ」

せり上がってくるやり場のない感情も涙も堪え切れなくて、雫で濡れた文字が滲んでいく。

何度も「ごめんね」と紡ぐ声は、桜の花びらを乗せた風とともにどこかに運ばれていき、私の元に残っているのは一通の手紙だけ。

「……っ、どうして……救えなかったの……」

嗚咽《おえつ》がもれ、涙が止まらない。

悔やんでも悔やみ切れないほどの現実が胸を酷く軋《きし》ませ、ここに来たときよりもずっと心が苦しかった。

「遼……」

すがるように名前を呼んでも、あの笑顔はもう見ることができない。

ただただ泣きじゃくる私の心は、さっきまで傍にいたはずの遼への想いで満ち溢れているというのに……。

やがて泣き疲れ、はらはらと舞い散る桜の花びらを視界の端に捉えた。

こんなにつらくても苦しくても、瞳に映る花の雨は息を呑むほどに美しい。

だからこそ、切なさが胸を締めつける。

深い悲しみを抱えて呆然としていると、どこからか足音が聞こえてきた。

喉に留まったままの熱を押しこめるように息をそっと吐きながら、その音が近づいてくることに気づく。

「――美咲？」

刹那、心を大きく揺さぶるような優しい声音が、鼓膜をそっと撫でた。

弾かれたように振り返った私は、呼吸も忘れて瞠目する。

「……っ」

春の匂いを携えた穏やかな風の中で、淡いピンク色の花びらがふわりと舞う。

夜の色に染まり始めた空の下、満開の花を咲かせる願い桜がまるで〝私たち〟を包みこむように柔らかな光を灯《とも》していた――。

END

うそつきラブレター

汐見夏衛
Natsue Shiomi

鹿児島県出身、愛知県在住。2016年『あの花が咲く丘で、君とまた出会えたら。』でデビュー。2017年野いちご大賞・大賞を受賞した「夜が明けたら、いちばんに君に会いにいく』が大ヒット。（すべてスターツ出版刊）著者累計が260万部を超える人気作家。

君に一目惚れしました。

靴箱の中にひっそりと置かれた、一通のラブレター。
それはわたしへ宛てられたものではないと、はじめからわかっていた。
それなのに、わたしは――。

今日も君に恋をして、今日も君にうそをつく。

◇

やわらかい陽射しの中にまだ冬の気配がしっぽの先だけ残っているような、すこし肌寒い空気に全身を包まれて、ゆっくりと歩いていく。

明るくて優しい、春の朝。

空いっぱいに広がる澄んだ青の、ところどころを薄い白雲が彩り、おだやかな風が吹きわたり、どこからか爽やかな甘い花の香りが漂ってくる。

気持ちのいい日だな、とわたしは目を細めた。

駅から高校へと向かう道。今まで何回歩いただろう。あと何回歩くだろう。

一年前、入学したばかりのころには、友達ができるだろうかとか、授業についていけるだろうかとか、毎日どきどき、そわそわしながら歩いていたこの道も、今となってはすっかり慣れて、なんにも考えなくても足が動くようになり、景色を眺める心の余裕も生まれた。

学校が近づいてくると、黒光りするアスファルトの地面に、白い斑点がぽつぽつと見えるようになる。

学校の敷地を取り囲むように植えられた桜並木から舞い落ちた花びらだ。

咲いている花は淡いピンク色に見えるのに、ひとたび枝を離れて散ってしまうと、ちぎれた紙片みたいに白く見えるのはどうしてなんだろう。

そういう脆さや儚さも含めて、やっぱり桜というのは特別に心ひかれるものがあるなあ、と思う。

真冬でもほとんど雪の降らないこのあたりの地域では、桜は三月下旬に満開を迎える。小中学校まではちょうど卒業式のころに花が咲いていた。

先日行われた高校の卒業式は、三月のはじめだったので、さすがにまだ咲いていなかったけれど、でも、膨らみはじめた桜のつぼみは、希望を胸いっぱいに抱いて新しい世界へと飛び立っていく先輩たちの姿に、とても似合っているなと思った。

そしてわたしも、もうすぐ『卒業式』を迎える。

もちろん、まだ一年生なので、本当の卒業式ではない。『三分の一卒業式』といううちの高校特有の、三学期の終業式に合わせて行われる毎年恒例の行事のことだ。

三分の一卒業式では、一年生と二年生の全員が体育館に集まり、今年一年の努力の成果、成長の証を発表する。卒業した先輩たちも何人も見にくるような名物行事になっているらしい。

在校生全員が発表する時間は当然ないので、各クラスの代表生徒一名が壇上で作文を朗読し、そのあとは有志団体がダンスや寸劇、歌や楽器演奏などの出しものをする舞台発表が行われる。

学力も運動神経も容姿も性格もすべて平凡、というより地味なわたしはもちろん、クラス代表に選ばれることも、有志発表に立候補することもないので、ただ一学年の締めくくりの作文を書いて担任の先生に提出し、ひとの発表を見るだけだ。

わたしにとってはそれだけの行事なのだけれど、でも、この一年の集大成と言われると、どうしても実感してしまう。

わたしは、入学してから一年、まだなんにも変われていない。

なんにも努力せず、なんにも成長しないままで、高校一年生の年を終えようとしている。

高校生になったら変われるはず。内気で気弱な自分を卒業して、何事にも積極的に取り組み、主体的に発言できるような人間になれるはず。

そう思っていたけれど、そんなはずはなかった。

高校生になったってわたしはわたしで、ずっとわたしのまま。

なにひとつ変わらなかった。

きっとこのまま一生変われないんだろう。

……作文、なにを書こうかな。努力と成長。書くことないなあ。

心の中でぼやきながら校門をくぐる。

ふと頬を撫でるやわらかい風を感じて、うつむけていた顔を上げると、目の前に、淡い白桃色の桜の花びらがふわふわと舞い踊っていた。

「きれい……」

思わずつぶやいて、ポケットからスマホを取り出し、カメラを起動した。

灰茶色の幹も枝も、その向こうに広がる青い空さえも、すべて覆い隠すほどに咲き誇る無数の桜の花と、風に舞う花吹雪。うっとりするほどきれいだった。

美しい景色を見ているときだけは、わたしの心を憂鬱にさせる物思いから、すこしだけ解放されるような気がする。

◇

通勤通学ラッシュの混雑をさけるため、毎朝かなり早い時間の電車に乗っているので、学校には八時前に着く。朝練のある部活生を除けば、校内にはまだほとんど生徒の姿はない。

窓から射しこむ白っぽい光に照らし出された、ひとけのない静かな生徒玄関に入る。

いつものように深く身をかがめ、自分が使っている靴箱のとびらを開けた、その瞬間。

わたしの心臓は、どきんと飛び跳ねた。

うわばきの上に置かれた、白い封筒。

「え……。これ、もしかして……」

気がつくと、しゃがみこんでいた。

夜の間に冷え切った床のタイルから立ちのぼってくるひんやりとした空気が、スカートの下にはいたタイツの生地をとおり抜けて、わたしの身を震わせる。いや、冷気のせいだけではないかもしれない。

わたしは腰を落としたまま、しばらく呆然とそれを見つめていた。

封筒を取ろうと手を伸ばし、でも、と引っこめる。また伸ばし、引っこめる。

何度かくり返していると、突然、「ちょっと」と頭上から声が降ってきた。

封筒のことで頭がいっぱいで、近づいてくる足音にまったく気がついていなかったので、本当にびっくりして、肩が大きく震えた。

「なに固まってんの？」

わたしは反射的に顔を上げる。同じクラスの吉岡さんが、真後ろに立っていた。

「邪魔なんですけどー」

軽く眉を上げてこちらを見下ろしてくる彼女の顔は今日も、思わず見とれてしまうほどに、かわいくてきれいだ。

「靴、取れないから、どいて」

「……あ、ごめんなさい」

迷惑そうな声色にわたしは慌てて立ち上がり、彼女がつつがなく靴箱を開けられるように二歩ほど下がった。

「相変わらずとろいねー」

吉岡さんはキャンディーのようにつやめくピンク色の唇からため息をもらし、軽く首を傾ける。明るいチョコレート色に染められたつやつやの髪がとろりと揺れた。

どうして、顔がきれいな子ってみんな、肌や髪の毛まできれいなんだろう。

彼女は「あー、ねっむー」とあくびまじりに言いながら取り出したうわばきを、放り出すように床に落とし、脱いだローファーをこちらもまた放るようにして靴箱の中に入れ、とびらをはたくように閉めた。無機質な金属音が、静まり返った玄関ホールに響きわたる。

大きな音が苦手なわたしは、硬いゴム製の靴底がタイルの床を打つ音や、勢いよくとびらが閉まる音に、思わず肩をすくめてしまう。

でも、彼女はべつに不機嫌だとか怒っているとかいうわけではないと、この一年間同じクラスで過ごしてきてなんとなくわかっていた。ただひとつひとつの動作や仕草がひとより大きめなだけで、他人を威圧するつもりはないのだと思う。わたしが勝手に威圧されているように感じて萎縮しているだけだ。

気のせいだと頭ではわかっていても、やっぱりいちいちびくびくして硬直してしまう自分が情けなかった。

蛇に睨まれた蛙、という言い回しがあるけれど、わたしは睨まれてもいないのにひとりで勝手に縮こまってしまっている、世にも情けない蛙だ。

吉岡さんが現われたことで、突然、夢から覚めたような気分になった。さっき見た封筒なんて、わたしの妄想か幻だったんじゃないか、という気がしてくる。

彼女が靴を履き替えたあと、わたしはもう一度しゃがみ、そろそろと靴箱のとびらを開けた。

たしかめるように、中を覗きこむ。

——やっぱり、見まちがいじゃなかった。

たしかに手紙が入っている。

どうしよう、触ってもいいかな、と戸惑っていると、すぐ横に吉岡さんが座りこんできた。

「なに。なんか入ってんの？　虫？」

「あ……」

「うわっ、えー、手紙じゃん！　もしかして、ラブレター的なやつ？」

彼女は躊躇なく靴箱に手を突っこみ、封筒をつかんで中から取り出した。

わたしは無言のまま、とりあえずうわばきを取り出し、立ち上がって履き替える。

かがんでローファーを靴箱の中に入れながら隣を見上げると、吉岡さんが封筒を裏返して送り主をたしかめていた。

「うわー、やっぱ男子からだ。まじでラブレターじゃない？　なんて読むの、これ。き、さ、……？」

ちらりと彼女の手もとを見ると、封筒の裏には、『木佐貫勇斗《きさぬきはやと》』と書かれている。

「た、ぶん、きさぬき、だと思う……」

わたしが遠慮がちに声を上げると、吉岡さんは「あー、きさぬきね」と言った。

「聞いたことあるわ。たしか、芸術コースのヤツだよね？」

彼女がこちらに目を向け、確認するようにたずねてきたので、わたしは慌てて首を横に振る。

「あ、ごめん、知らない……」

彼女はつまらなそうに「あっそ」と視線を封筒に戻した。

この高校は、一般的な大学への進学を目指す生徒が通う『普通科』と、美術や音楽系の大学を志望する生徒が通う『芸術科』の二コースに分かれている。A棟にある一組から五組は普通科で、B棟にある六、七組は芸術科。

わたしたち普通科の生徒から見ると、芸術コースのひとたちは授業も校舎も完全に別々なので、同じ敷地内に別の学校がある、という感覚に近かった。全校集会や行事のときくらいしか接点はなく、そのときも彼らは芸術コースで固まっていることが多くて、もちろんわたしたちと会話するような機会もない。

ほかのクラスにもたくさん友達がいて交友関係の広い吉岡さんなら、芸術コースの生徒たちのことも顔と名前くらいは知っているのかもしれない。

でも、彼女とは正反対で友達の少ないわたしには、別コースの生徒のことはまったくわからなかった。

「てかさあ、今どきこんなの書くヤツ、本当にいるんだねー」

彼女は封筒をひらひらと振りながらそう言って、おかしそうに笑った。

それからわたしに手紙を手渡して、

「ちょっと開けてみてよ」

と言った。わたしは目を丸くする。

「え……でも、これは」

吉岡さんが、とつづけようとした言葉を、さえぎられる。

「いいから、早く!」

彼女の有無を言わさぬ口調に、わたしはうなずくことしかできなかった。

封筒に目を落とし、裏返す。封はされていなかった。

開いて、折りたたまれている便箋を中から取り出す。

その拍子に、便箋にはさまっていたのか、小さな紙包みのようなものが、ぽろりと転がり出てきた。

わたしは「あ」と慌てて身をかがめ、床に落ちてしまったそれを拾い上げた。

中をたしかめようかとすこし迷ったものの、まずは手紙が先だろうと考え、紙包みは封筒の中に戻す。

便箋を持ったままちらりと吉岡さんを見ると、「開けて、読んで」と言われた。

「はーやーくー」

「うん……」

わたしには関係なんてないはずなのに、なぜだかどきどきしながら、ゆっくりと便箋を開く。


君に一目惚れしました。

いちばんはじめに飛びこんできた言葉は、それだった。

とても端正な筆跡で、ひと文字ひと文字、たしかめるようにていねいに書かれている。

わたしはひとつ息を吸いこんでから、唇を開いた。

「……『君に一目惚れしました』、だって」

小さく読み上げて、内容を吉岡さんに伝える。

「あははっ、ウケる！」

彼女は心底おかしそうに、お腹を抱えてからからと笑った。そして、

「よかったねー。ラブレターおめでとう」

今度はにやにや笑いながらわたしに言う。わたしはうつむいて、

「そんなわけないよ……」

とつぶやいた。ため息をもらしてしまわないように必死だった。

「……だって、それは、吉岡さん宛てでしょ」

下を向いたまま言うと、また明るい笑い声が降ってくる。

「あははっ、わかってたんだ。残念だったねー」

「………」

残念だなんてこれっぽっちも思ってはいなかったけれど、わたしはなにも答えずに、手紙の入っていた靴箱を見つめたまま黙っていた。

わたしが使っているこの靴箱は、もとは吉岡さんに割り当てられたものだった。

入学当初、靴箱の場所は出席番号順で決められていた。わたしは左から三列目の、ちょうど真ん中の段だった。吉岡さんは同じ列のいちばん下の段。

最下段は、いちいち腰をかがめないと靴の出し入れができないので、ハズレだと騒ぐ生徒も多い。

『ねえ、靴箱、交換してよ』

入学式翌週のある日の放課後、たまたま生徒玄関で吉岡さんとはち合わせたとき、突然そう声をかけられた。彼女とはまだ一度も話したことがなかったので、わたしはびっくりして固まってしまった。

『最近ちょっと腰が痛くてさー。いちばん下だときついんだよね』

ほかにもいくらでも交換を頼む相手はいるはずなのに、あえてわたしを選んで声をかけてきた彼女に、よくわかってるんだなあ、という感想を抱いた。

まだ入学して一週間で、お互いに話したこともなかった。けれど、彼女はすでに、わたしがだれかから言われたことを拒否できないタイプの人間であることを、だから一方的な頼みごとをするのに最適な相手であることを察知していた。

そして、わたしもすでに、彼女はわたしとは真逆のタイプの人間であることを、だから彼女には逆らわないほうがいいということを察知していた。

不思議なもので、学校という場所では、そういうことを理解するのにまったく時間はかからない。クラス内での自他の位置関係を把握するためには、ほんの数日もあれば充分なのだ。

引っ込み思案で自己主張が苦手なわたしのような人間には、吉岡さんのように活発でかわいくて目立つタイプの女の子から言われたことを拒否することなんて、できるわけがなかった。

『うん、いいよ。どうぞ、使って』

だからわたしはすぐにそう答えた。

彼女の腰の痛みがよくなって、『もう治ったからまた元どおりに交換しよう』などと言われる日が来ないことは、もちろん最初からわかっていた。

それ以来ずっと、彼女がわたしの靴箱を、わたしが彼女の靴箱を使っている。

わたしたちが靴箱を交換したことは、ほかのだれも知らない。

わざわざ他人に言って回ることでもないし、とびらに貼られている出席番号もそのままだ。うわばきは学校指定の同じもので、外靴もふたりとも似たようなローファーで、名前は目立たないところに小さく書いてあるだけ。

なので、中をすこし見たところで、だれが使っている靴箱かなんてもちろんわからないだろう。

つまり、このラブレターは、当然ながら吉岡さんに宛てられたものだ。

そんなことは、もちろん靴箱のことだけじゃなくて、わたしと吉岡さんの外見の差を考えてもすぐにわかる。

だれが見ても美人で華やかな吉岡さんと、ちっともかわいくなんてない地味なわたし。

『一目惚れ』されたのは、吉岡さんに決まっている。

実際、封筒のおもてには、『吉岡沙梨奈《さりな》様』という宛名がはっきりと書かれていた。

かんちがいのしようもない。

「手紙、それだけ?」

彼女がたずねてくる。わたしは首を横に振り、つづきを読み上げた。

「『いきなり付き合ってくださいというのもおかしいと思うので、よかったら文通をしてくれませんか』、って書いてあるよ」

そう言った瞬間、吉岡さんが「はっ?」と声を上げた。

「はあ? 文通? ヤバッ、キモーい!」

彼女はおおげさなほど顔をしかめている。美人の不機嫌顔は迫力がある。

「っていうかさー、今どき手紙で告るとか、ヤバくない?」

同意を求めるように言われて、

「……そう、かな」

とわたしはあいまいに言葉を濁した。

誰かに手書きの文字でメッセージを送ることなどほとんどない『今どき』だからこそ、手紙で告白ってすてきだな、とわたしは思ったのだ。でも、彼女の意見に反するようなことは言えない。

「しかも文通とか、なんかストーカーっぽいし、キモすぎ！　てゆうか芸術コースとか陰キャなオタクばっかでしょ、無理無理」

彼女はきつく眉をひそめたまま「うえー」と舌を出して、それからくるりと踵を返した。

わたしは慌ててその背中を追いかけ、

「あっ、あの、吉岡さん」

と声をかける。ちらりと振り向いた彼女に、

「これ……」

と封筒に戻した手紙を渡そうとする。

彼女に送られた手紙なのだから、返すのが当然だと思った。でも、吉岡さんはまた嫌そうに顔をしかめた。

「いらなーい！　てゆうか、そんなの持ってたらなんか怨念的なやつで呪われちゃい

そうだから、捨てといて」

「え……っ」

捨てる？　わたしは思わず足を止め、目を見開いた。

「よろしくー。じゃあねー」

戸惑って立ち尽くすわたしをよそに、彼女は仲良しの女子を見つけて明るい声で「おはよー」と言い、足早にそちらへと立ち去ってしまった。

わたしは封筒に目を落とす。

捨てる、なんて。

こんなに一生懸命に、ていねいに書かれた手紙を？

そんなことしてもいいのかな。せっかく手紙を書いてくれたんだから、返事くらいしたほうがいいんじゃないかな。

でも、これはわたし宛てじゃないのだから、わたしが決めることじゃない。吉岡さんが捨てると決めたのなら、捨てるべき、なのかもしれない。でも。

どうすればいいかわからないまま、わたしは封筒をそっと胸に抱いて、ゆっくりと教室へ向かった。

◇

始業時間までには三十分以上あり、教室にはまだだれもいなかった。

吉岡さんの姿もないことを確認し、ほっと息をつく。さすがにさっきのやりとりのあとにふたりきりは気まずかった。

彼女は三分の一卒業式での有志発表に立候補していて、友達グループといっしょに得意のダンスを披露するらしく、早めに登校して仲間と練習をしているようだった。

もちろんそのことを彼女から直接聞いたわけではないけれど、何日か前の休み時間に友達と話しているのが聞こえてきたのだ。

クラスの中心的なグループにいるタイプのひとたちは、不思議とみんな、男女問わず、とても声が大きい。教室の端っこにいるわたしにも、会話の内容がはっきりと聞こえてくるくらいに。

だから、仲良しでもないわたしまで、なぜか彼らのプライベートなことをよく知っていたりする。先日のテストの結果だとか、付き合っている相手の名前だとか、友達と遊びにいく日の待ち合わせの場所や時間だとか、昨日の夕食のメニューだとか、親とのけんかの原因だとか、コンビニのお気に入りのお菓子まで。

反対に、彼らはわたしのプライベートなことなんて、これっぽっちも知らないだろう。

そんなことを考えながら、わたしは自分の席へ向かった。

窓際の列の、後ろから二番目。

窓の外に広がるグラウンドの向こうに桜並木を見ることができるこの席を、わたしはとても気に入っている。

いつもの習慣で、新鮮な空気をとりこむために窓を細く開けた。花の香りをのせたそよ風がするりと教室に入ってくる。

椅子に腰をおろして、通学鞄から取り出した教材やペンケースをひとつずつ確認しながら机の中にしまうと、靴箱に入っていた白い封筒だけが机の上に残った。

窓いっぱいの陽射しを受けて清らかに光るそれを、じっと見つめる。

気がついたら、封筒を開けていた。

もう一度、ちゃんと読みたいと思った。

わたしに宛てられたものではないのに。

無意識のうちに小さなため息をもらしながら、中から便箋を取り出す。

「……あ」

さっきと同じように、小さな紙包みが転がり出てきた。かさりと軽やかな音を立てて机の上に落ちる。

「なんだろう、これ……」

指先でそっと拾い上げて、すこしかかげて光にかざし、中身が透けて見えないかをたしかめてみる。

でも、いくら光に透かしても、しっかりと折りたたまれた紙の中身はよくわからない。

手紙のつづきが書いてある紙なのか、ただ不要なものが紛れこんでしまっただけなのか。

でも、すごくていねいに包んであるので、紙くずなどではなさそうだ。

気になる。なんなんだろう、これは。

なにか書いてあるのか、なにか入っているのか。

でも、わたしへの手紙じゃないのに、いくら便箋ではないとはいえ、吉岡さんに無断で開けてもいいだろうか。

だけど彼女は『捨てといて』と言った。つまり彼女にとってはこれはもうごみで、それならわたしがすこし中を見るくらい許されるんじゃないか。

懸命に言いわけを考えたすえ、わたしは意を決して包みを開いてみた。

瞬間、なにか小さな白っぽいものが、ふわりと舞い上がる。

それは、窓から吹きこんでくるやわらかい春風にのって、ひらひらと宙を舞い、音もなくフローリングの床に着地した。

ひとつ、ふたつ、みっつ。

紙包みの中に入っていたのは、桜の花びらだった。

「……さくら？」

わたしは席を立って、床にしゃがみこみ、三枚の花びらをそっと拾う。

傷つけないように、優しく、やわらかく。

手のひらにのせてじっと観察してみる。

今朝見かけた学校の周りに落ちていた花びらは、昨日の雨に濡れていたり、道ゆくひとびとの靴底に踏みしだかれたりして、どれも汚れてしまっていた。

でも、今わたしの手のひらにあるのは、すこしの染みも汚れもない、本当に本当にきれいな、まっさらな花びらだった。

見つめていると、自然と笑みが浮かんでくる。

拾った花びらを机の上にのせて、便箋を開いた。すこし小さめの字が、同じ大きさできちんと一列にならんでいる。

やっぱり、とてもていねいできれいな字だ。

一字一字に思いをこめて、大切に大切に書いたことが伝わってくるような。

だからわたしも、お行儀よくならんだ文字を、ていねいに、大切に、ひとつずつ目で追っていく。

はじめまして。突然のお手紙、ごめんなさい。
君に一目惚れしました。
いきなり「付き合ってください」というのもおかしいと思うので、
よかったら文通をしてくれませんか。
僕のことを知ってもらうためにも、手紙友達からはじめられたら、と思います。
もし文通をしてもいいなと思ってくれたのなら、
校門の桜の木の幹の裏側に、細い割れ目があるので、
そこに返事を入れてくれるとうれしいです。

追伸
とてもきれいな桜の花びらが落ちているのを見つけたので、
おすそわけとして同封しておきます。
春は優しくて幸せな気分になりますね。

なんてすてきな手紙だろう。

わたしは便箋を胸に抱いて、瞼を閉じた。

ひかえめで気づかいがあって、すこしも押しつけがましくない文面。

そして、ていねいに包んでひっそりと同封された、春のおすそわけ。

きっと、この手紙を書いたのは、すごくすごく優しくて、豊かな心をもったすてきな男の子なんだろうな。

また窓から風が吹きこんで、ふわりと踊った髪がやわらかく頬を撫でる。

わたしは瞼をあげた。

風に飛ばされてしまわないよう、花びらを手のひらで包んだ。

鞄から取り出したスケジュール帳を開いて、三月のページに、春のおすそわけをそっとのせる。

同じページに手紙もはさんで、ページを閉じた。


――恋に、落ちた瞬間だった。

手紙を書いた彼に。

顔も声も知らない彼に。

吉岡さんに恋をしている彼に。

けっして叶わない、不毛で無謀な恋。

それでも諦められなくて、わたしは——罪を犯した。

◇

いつもよりさらに早い時間に登校して、だれにも見られないように急ぎ足で目的の場所に向かう。

手紙にあった『校門の桜』というのは、校門の門柱から十メートルほど離れたところにある桜の木のことだ。

樹齢百年を越えるという、大きくて立派な桜の木。この学校が創立されたときに、記念に植えられたものらしい。

学校には何十本もの桜が植えられているけれど、この木はその中でもひときわ大きく、そしてたくさんの花を咲かせるのでとくに目立つ存在で、生徒や先生の間では『校門の桜』と呼ばれている。

わたしはその裏に回って、視線をめぐらせる。

「あった……」

思わずつぶやいた。

彼からの手紙にあったとおり、幹にひびが入って割れている部分があった。それほど大きな割れ目ではなく、目線よりも高い位置にあるから、きっとほとんどのひとは気づかないだろう。

耳の中で、どくどくどく、と脈うつ音がする。

痛いくらいに心臓が暴れていた。足もすこし震えている。

まるで全速力で走ったあとみたいだ。

わたしはふうっと深く息を吐き出して、それでもおさえきれずに、どうしようもなくどきどきしながら、鞄の中から封筒を取り出した。

ひかえめな淡いピンク地に、桜の花びらのイラストがプリントされた封筒。中には、同じ色柄の便箋に書いた手紙が入っている。

ゆうべ、家に帰ってから、頭をうんうん悩ませながら、二時間以上もかけて書いた手紙だ。

『君に一目惚れしました』ではじまる彼からの手紙への返事。


こんにちは。

お手紙ありがとうございました。とてもうれしかったです。

同封されていた桜の花びら、すごくきれいで、すてきでした。

押し花しおりにして、大切にしようと思います。

わたしでよければ、ぜひ文通させてください。

お返事は、桜の木に入れてくれるとうれしいです。


手が震えていた。

緊張と、不安、そして罪悪感。

だって、あれは、わたしへのラブレターじゃない。

もらった吉岡さんから『捨てといて』と言われたのだから、本当は捨てなくてはいけない。

でも、どうしても、捨てられなかった。

あんまりすてきな手紙だから。きれいな字でていねいに書かれた、優しさと誠実さにあふれた手紙だから。

返事もせずに捨ててしまうなんて、できなかった。

だから、彼からの手紙を机の奥に大切にしまって、返事を書いたのだ。

――ちがう。こんなの、言いわけだ。

わたしは、ただ、彼と手紙のやりとりをしてみたいという欲求に勝てなかった。

紙包みから桜の花びらが舞い落ちたのを見た瞬間に、わたしの胸の中で、なにかが弾けた。

会ったことも話したこともない彼に、どうしようもなく惹かれてしまった。

そして、罪を犯そうとしている。

自分は吉岡さんではない、実は靴箱を交換しているのだと、本当のことを書くべきなのに、吉岡さんのふりをして返事を書くなんて。

それは、手紙の彼をだますことだ。最低だ。許されないことだ。

わたしは、自分が書いた手紙をぎゅうっと胸に押しつける。

やっぱり、やめよう。こんなことしちゃいけない。だめだ。

でも、そのとき、ふわりと風が吹いた。

頭上に広がる桜の梢が風に揺られて、かすかに音を立てる。

その音につられて、目を上げた。

視界いっぱいに、花びらが舞い踊っていた。

降り注ぐ花吹雪に、全身を包まれる。

ふわっと心が軽く、温かくなった。

桜が、微笑んでくれている、ような気がした。

桜に、許された、ような気がした。

「……お願いします」

わたしはだれにともなく、祈るようにそうつぶやいて、大事に持ってきた手紙を、幹の割れ目にそっと差しこんだ。


どうか、この手紙が彼に届きますように。

彼が読んでくれますように。

……返事が、来ますように。

これはいけないことだと、わかっていたけれど。

それでもわたしは、願わずにはいられなかった。

◇

もし彼が返事をくれるとして、それがいつになるのかわからなかったから、一日中ずっと落ち着かなかった。

もしかしたら朝一で桜の木を確認して手紙を見つけ、その日のうちに返事を入れてくれるかもしれない。

放課後に確認して、返事は明日になるかもしれない。

最悪のパターンとして、私の手紙を見て吉岡さんの字とちがうことに気づかれてしまい、一生返事なんてもらえない、ということも考えられる。

いろいろな思考が頭の中をぐるぐるぐるぐる回りつづけて、授業にまったく集中できなかった。

休み時間がくるたびに、ちゃんと彼に手紙を見つけてもらえたかを確認するために桜の木のところに行きたいという気持ちがこみ上げてきた。

だけど、もし万が一そこで彼と鉢合わせてしまったりしたら、見ず知らずのわたしが吉岡さんのふりをして手紙を書いたことがばれてしまうかもしれない、と自分に言い聞かせて必死に耐えた。

でも、昼休みになって、どうしても我慢できなくなった。

すこしだけ。本当に、すこしだけ。

ちょっと遠くから覗いて、手紙がどうなっているかをたしかめるだけ。

もしかしたらもう返事が届いているかもしれないし、それならすぐに受け取らないと。だって、今日はちょっと風が強いから、飛ばされてしまったら大変だ。

あれこれと自分に言いわけをしながら、わたしは急ぎ足で生徒玄関を駆け抜ける。

だれに見られているわけでもないのに、足音を立てないように細心の注意を払いながら。

どきどきとうるさい胸を押さえつつ校舎を出て、校門のほうへと向かう。

校舎から離れると、周囲の生徒の数はいっきに減った。きょろきょろと首を巡らせて、見える範囲にはだれもいないのを確認してから、わたしは急いで桜の木の裏に回った。

無意識のうちに、手を組んでいた。

祈るような気持ちで目を上げて、思わず叫びそうになる。

手紙が、なくなっていた。

ああ、受け取ってもらえたんだ。

ほっと脱力すると同時に、今度は不安が湧き上がってくる。

手紙、おかしく思われないかな。

ばれたらどうしよう。

文面だとか、筆跡だとか、不安要素はいくらでもあった。落ち着いて考えてみれば、ばれる可能性のほうがずっと高いような気がしてきた。

好きな人がどんな字を書くかというのはとても気になるところだから――すくなくとも、わたしはそうだ。一度でも気になる人の字を見たらその特徴は忘れない――、彼が吉岡さんの字をよく知っているとしたら、あの手紙は彼女の書いたものではないと、すぐにわかってしまうはずだ。

それなのにわたしは、当然のように彼女のふりをして。ばかみたいだ。

考えれば考えるほど自分の浅はかさと愚かさが身に染みてきて、来たときとはまったくちがう、とぼとぼとした足どりで教室に戻った。

◇

放課後になるころには、うまくいくわけがないという気持ちになっていた。

でも、いちおう、念のため。そう自分に言いわけしながら、帰り際に桜の木を見てみた。

「……えっ」

またも小さく叫んでしまった。

「うそ……っ、あった！」

うわずった声でひとりつぶやく。

わたしの願望が見せた幻かもしれないと思って、何度かぱちぱちと瞬きをして、やっぱり見まちがいではないと確信する。

白い封筒が、たしかに幹の割れ目に差しこまれていた。

泣きそうなほどの喜びに、ふるりと身震いする。全身の肌が粟立っているのを感じる。

わたしは軽く目を閉じ、ふうっと深く息を吐いて、すこし背伸びをして封筒を手に取った。

小刻みに震えてまったく言うことを聞かない指で、なんとか中から便箋を取り出す。

瞬間、なにか小さな白いものがふわりと宙に舞った。

「わ……」

今度は桜の花びらではない。もっと小さくて、真っ白で、風にふわりとのって宙を漂っている。

「待って……」

急いで両手を空へ伸ばして、たまごを包みこむようにしてつかまえる。

それからすこし手を開いて、風に飛ばされないようにやわらかく覆ったまま、指の隙間から覗きこむようにして、手のひらの中のそれを見つめた。

たんぽぽの綿毛だ。

削りたての鉛筆でやさしく描いた線みたいに細い茎の先に、絹の糸くずを集めたような、羽毛のような白い綿毛がついている。

包んでいた両手をぱっと開くと、綿毛はそのまま風にのって、ふわふわと漂いながら流れていった。

「かわいい……」

思わずひとりごとをもらしてしまう。

それから、ゆっくりと瞬きをした。

うれしい、と噛みしめるように思う。

彼はまた、春を贈ってくれた。

うれしくてうれしくて、ふふっと笑みがこぼれる。

唇ににじむ笑みを自覚しながら、わたしは便箋を開いて、昨日の手紙と同じようにやっぱりていねいにつづられた文字を目で追った。

手紙をくれてありがとうございます。
きっと返事はもらえないだろうと思っていたので、
桜のポスト（と勝手に名付けます）をのぞいて、
君からの手紙が入っているのを見つけたとき、
世界が変わったんじゃないかというくらい幸せな気持ちになりました。
文通を受け入れてくれて、本当にうれしいです。
これからよろしくお願いします。

追伸
君が同封してくれた桜の花の写真、とてもとてもきれいで感動しました。
すてきな春のおすそわけをありがとう。
もしよかったら、また君が撮った写真を見せてほしいです。

うわあ、と小さく悲鳴を上げてしまった。

どうしよう、どうしよう、うれしい。

わたしの手紙を見つけて幸せな気持ちになってくれたなんて、うれしすぎる。

そして、桜の写真、喜んでもらえてよかった。

実は、ちょうど靴箱に手紙が入っていた朝にスマホのカメラで撮っていた校門の桜の写真を印刷して、返事の手紙に添えていた。最近撮った写真の中ではいちばんよく撮れていると思ったから、桜の花びらのお返しになれば、と思って便箋といっしょに封筒に入れておいたのだ。

頼まれてもいないのに自分の撮った写真を送りつけるなんて、そんなことをしたらへんなふうに思われるかも、と不安だったけれど、勇気を出してやってみてよかった。

それに、またわたしの写真が見たいとまで言ってくれるなんて。

趣味とまでは言えないし、ぜんぜんうまくもないけれど、わたしは空や草花など自然風景の写真を撮るのが好きで、なにかきれいなものを見つけたらその都度カメラをかまえるのが習慣になっていた。

ただの自己満足なのだけれど、まさかこんなところで役に立ってくれるなんて。

便箋が折れ曲がったりしないように、ていねいに封筒に戻し、小走りで校舎に戻りながら、次はどの写真を送ろう、と胸を躍らせる。

そういえば先週、家の用事ですこし遠出したとき、途中の道で見つけた菜の花畑で撮った写真があったな、と思い出した。空の青と花の黄色と葉の緑がきれいなコントラストになっていて、色鮮やかで印象的な光景。

今度はあれにしよう。きっと喜んでもらえる。

そのころにはわたしはもう、吉岡さんにもうしわけないという気持ちも、彼をだましているという罪悪感も、なにもかも忘れて、ただただ喜びと幸福感だけで胸をいっぱいにしていた。

◇

そうしてわたしたちの、だれにも秘密の文通がはじまった。

一日一通ずつ、桜のポストに手紙を入れておく。

わたしが朝、手紙を入れておくと、彼がその日のうちにそれを受け取り、放課後までに返事を書いてポストに入れてくれている。

『きょうだいはいますか。ペットは飼っていますか』

『好きな色はなんですか。休みの日にはなにをしていますか』

『好きな教科はなんですか。苦手な教科はなんですか』

『昨日の晩ごはんはカレーでした。君の家はどうでしたか』

そんな、なんでもない質問と、なんでもない回答の繰り返し。

とるにたらない、とりとめのないやりとり。なのに、それでも毎日毎日、彼からの手紙を見るのが楽しみだった。

次はどんな質問をしてくれるか。わたしの質問にどんな答えが返ってくるか。本当に楽しみでしかたがなかった。

そして、贈り物のやりとり。

彼は毎日の手紙に必ず、小さな贈り物を同封してくれていた。

学校の裏庭で見つけたという四つ葉のクローバー。

帰り道で拾ったというきれいな青い色の小石。

公園でいっしょに遊んだ子どもたちがくれたという硝子玉を、ひとつ分けてくれたこともあった。

彼からの贈り物へのお返しにわたしは、写真を贈る。

道ばたに咲いていたたんぽぽや、すみれの花。

去年の紋白蝶や、紫陽花、花火や、紅葉や、雪だるま。

これまで撮りためてきた何千枚という写真の中から、とくによく撮れていると思うものを必死に選んで、ひとつずつ印刷して封筒に入れた。

わたしたちは、そうやって、すこしずつ互いのことを知っていった。

顔も、声も知らないのに、わたしは日に日に彼のことに詳しくなっていく。

最初の一通目の手紙を読んだときに思ったとおり、彼はいつもていねいで礼儀正しくて、おだやかで優しいひとだった。

実際に会ったことがなくても、手紙を読めばわかるのだ。

家族に対する思いやりや、友達を大事にしていること、子ども好きな優しいひとだということが、文面のはしばしから伝わってきて——わたしはどんどん、彼のことを、好きになっていった。自分でもびっくりするくらい、顔も知らない彼を好きになってしまった。

そしてその想いは、手紙の枚数が増えるごとに、日に日に膨らんでいって、自分でも抱えきれないくらいになってしまっている。

彼はわたしに手紙をくれているんじゃない。これは吉岡さんに送った言葉なんだ。

彼がこんなにも優しく語りかけている相手は、わたしじゃなくて吉岡さんなんだ。

頭ではわかっているのに、心が言うことを聞いてくれない。わたしは一日中、気がつけば彼のことばかり考えてしまっていた。

彼は今、なんの授業を受けているんだろう。

今度はなんの写真を送ろうかな。

今日はいったいどんな贈り物が届くだろう。

そんなことを考えているうちに、いつのまにか一日が終わっているのだ。

そして、一週間も経つころには、自然と、こう思うようになっていた。

――手紙だけじゃ足りない。彼と会って話したい。

彼との文通をはじめたことで高揚していた気持ちが落ち着けば、この想いも薄れてくれるかもしれない、と思っていたのに、逆だった。

はじめのころよりもっと、彼のことを好きになっている。


わたしは教室に向かって廊下を歩きながら、窓の外に視線を投げて、無意識のため息をついた。

校門の桜は、満開の時期を間近にひかえて、まるでピンク色の綿菓子のように、たくさんの花が咲き乱れている。

彼のことを考えるつもりなんてないのに、脳裏には勝手に彼の手紙が思い浮かんでいた。

会ってみたい。会って話をしたい。

一日一通の手紙のやりとりもいいけれど、でもやっぱり、もっともっとたくさんの言葉を交わしたい。

だけど、無理だ。そんなことは願うことさえ許されない。

だって、わたしは、彼をだましているんだから。彼は吉岡さんと手紙をやりとりしていると思っているんだから。

わたしは吉岡さんにも彼にも、真実を打ち明けることも謝ることもできないまま、ずっとふたりをあざむきつづけて、うそをつきつづけているのだ。

そんなわたしが、彼に会いたいなんて思ってはいけない。

◇

「三分の一卒業式の作文は、今週の金曜日、終業式の日が締め切りです。書き終わったひとはぼくに提出してください」

帰りのホームルームのとき、卒業文集係の男子が、教卓の前に立ってそう言った。

「わー、忘れてた！」

「やべー、まだひと文字も書いてねえ」

にわかに騒がしくなった生徒たちを静めるように、担任の先生が「はい、挨拶」と言ってぱんぱんと手をたたき、ホームルームは終わった。

わたしは教科書やノートを鞄の中にしまいながら、なにを書こう、と憂鬱な物思いにふける。

彼との手紙のやりとりにうつつを抜かして、彼のことばかり考えていたから、すっかり作文をほったらかしにしてしまっていた。

今日帰ったらすぐに取りかかろう。こうなったらもう、正直に、『今年はまったく成長できませんでした、二年生はがんばります』とでも書くしかない。それだと文字数が足りないから、なんとか一年の振り返りをして……。

ああ、でも、今日は習いごとのピアノがあるから、帰宅が遅くなる。予習復習がたくさんあるし、春休みの課題も発表されたから、早めに進めなきゃ……。

そんなことをぼんやりと考えていたとき、

「ねえねえ、あのさあ」

突然、上から声が降ってきた。

顔を上げると、吉岡さんが笑顔でわたしの席の横に立っていた。

たしか彼女は今週のそうじ当番だったはずだけれど、すでに帰り支度を済ませて鞄を肩にかけている。

「ちょっとお願いがあるんだけど」

「え……うん、なに？」

嫌な予感がしたけれど、顔には出さずに、そうたずね返す。

「あたし今日、友達と遊ぶ約束しててさあ」

「うん……」

「で、待ち合わせが駅で四時半だから、時間ないんだよね」

わたしは反射的に黒板の上の時計に目をやった。時計の針は、四時すこし前を指している。

「だからさあ、あれ」

彼女が指差しているのは、教室のうしろに置かれているごみ箱だった。

「やっといてくれない？」

文字どおりに見れば依頼なのだけれど、わたしには命令口調に感じられた。断れるはずがなかった。

「……うん、わかった」

わたしがこくりとうなずいて答えたとき、「ちょっと」と硬い声が聞こえてきた。

振り向くと、クラス委員の青木さんが眉根を寄せた険しい表情で、わたしと吉岡さんを交互に見ている。

「今週は吉岡さんがごみ係だよね？　ひとに押しつけたらだめでしょ。ちゃんと責任もってやりなよ」

青木さんは顔をしかめながら言った。

彼女は二学期のはじめのクラス会のとき、満場一致で後期の委員長に選ばれた、しっかり者の優等生だ。

すごくまじめで正義感が強く、自分にも他人にも厳しいひとで、やんちゃなタイプの男子たちからも一目置かれておそれられている。そして、

「はあ？　青木は関係ないじゃん」

吉岡さんと、折り合いがとても悪い。

「関係なくないよ。クラスのことなんだから」

「はあ？　うっざ。出しゃばり」

「出しゃばりとか、今は関係ないから。当番なんだからちゃんと自分でやるべきでしょう」

青木さんの表情がさらに険しくなる。

彼女はとても頼りがいのあるひとだけれど、自分の考えを決して曲げないし遠慮なく相手に物申すので、よくひととぶつかる。

そしてそれは吉岡さんも同じだった。

「なに、偉そうに。あんたに命令されたくないんですけどー」

「命令じゃないし。人間としてあたりまえのこと言ってるだけ」

「あー、めんっどくさ。急いでんのに。いいじゃん、あたしは忙しいの。ひまなひとにやってもらってなにが悪いの？」

「ひまなんて決めつけるのどうかと思うけど？　当番があるってわかってるのに、時間ぎりぎりの予定入れるのがいけないんでしょ」

「はあ……マジでうっざい」

いっきに険悪な雰囲気になり、わたしの中で焦りが急速に膨らんでくる。

とても、とても居心地が悪い。いたたまれない。

「あっ、あの」

ふたりの口論が一瞬やんだ隙を見計らって、わたしはなんとか口をはさんだ。

「いっ、いいよ、ごみ捨て、わたしやるよ。どうせひまだし……」

そう言った瞬間、吉岡さんが、ぱっと満面の笑みを浮かべた。

「ありがとー、よろしくー」

彼女はひらひらと手を振りながら、軽やかな足どりで教室から出ていった。

呆れたように大きく息を吐いた青木さんが、今度はわたしを見すえた。

「あなたもしっかりしなきゃ」

「……あ、うん」

「ちゃんと嫌なら嫌って言わないと、ずうーっとああいうひとからいいように使われるだけだよ」

「……そうだよね。ありがとう。気をつける……」

わたしの答えに彼女はまた呆れ返ったようなため息をついて、自分の席に戻っていった。

きっと青木さんみたいにしっかりとはっきりと自己主張のできるひとから見たら、わたしのように気弱でなにも主張できないタイプは情けなくてしょうがないのだろう。だからきっと見ているだけでいらいらさせてしまうにちがいない。

それは本当にもうしわけないと思うけれど、でも、しかたがないのだ。自分に自信をもてないわたしみたいな人間は、強いひとには逆らえないのだ。

わたしは無意識のうちに細いため息をもらし、支度を終えた荷物を机の上に置いたまま、教室の後方に移動した。

ふたたび息を吐いて、ごみ箱の前に立つ。

中には紙くずやお菓子の袋、紙パックのジュースの空き容器などが、あふれんばかりに詰めこまれていた。

入りきらずに床にこぼれ落ちているいくつかのごみを拾い上げて袋の中に入れ、ごみ箱の取っ手を両手でつかむ。

ぐっと力を入れて持ち上げると、ずしりと重たかった。

◇

教室を出て、裏庭にあるごみ捨て場に向かう。

渡り廊下の途中で、ふと足がゆるんだ。

窓の向こうの中庭に、桜が咲いている。

日当たりのいい場所だからか、すでに満開の季節は終わりかけて、新しい緑色の葉がいくつか芽生えている。

風が吹くたびに、力尽きたように枝から離れたたくさんの花びらが、はらはらと散っていく。儚くてさみしいけれど、とてもきれいな光景。

写真、撮りたいな。スマホ持ってくればよかったなあ。

そんなことを思いながら、ゆっくりと歩きつつ、風に踊る桜吹雪をぼんやり眺めていた、そのときだった。


「おーい、木佐貫！」


突然、だれかの声が聞こえてきた。

わたしは思わず肩を震わせ、ごみ箱を抱えたまま廊下の真ん中で立ち止まった。

呼び声のしてきたほうに目を向けると、同じ学年のバッジをつけた男子が、前方に向かって手を振っている。

「木佐貫！」

彼はもう一度そう呼んだ。

わたしの聞きまちがいではなかった。たしかに『木佐貫』と呼んでいる。

きさぬき、きさぬき、きさぬき。その名前を、何度も心の中で反芻する。

わたしの秘密の文通相手――吉岡さんに一目惚れをしたというラブレターの送り主の名前。

木佐貫、なんて、そんなによくある名字ではない。同じ学校の同じ学年に、何人もいるということはないと思う。ということは。

きっと、彼だ。

わたしの恋の相手。

そう考えている間、ずっと頭ががんがんと激しく音を立てていた。自分の心臓の音だと、すこししてやっと気がつく。

わたしは息もできないまま、ゆっくりと顔を前へ向けた。

この先に、彼がいる。顔も知らない彼が、近くにいる。

見たい気持ちと、見たくない気持ちの間で、わたしの心はぐらぐらと揺れた。

知りたい、知られたくない。期待と、恐怖。

「ん？　なに？」

そう言って振り向いた彼に、それでもわたしはやっぱり、視線を向けずにはいられなかった。

渡り廊下の終わりあたりで、こちらを振り返っているふたり組の男子の、右側に立っているほうのひと。

ちょっとくせのある髪に、まじめそうな顔つき。茶色いふちの眼鏡をかけている。

見たことのない顔だった。やっぱり芸術コースの生徒の顔はわからない。

（――あれが、木佐貫くん……）

呼吸を忘れていたことに気づき、すうっと深く息を吸った。

わたしは邪魔にならないように壁際に寄って、彼らの様子を眺める。

呼びかけた男子が駆け寄っていき、木佐貫くんがなにか受け答えをして、彼の左側にいた男子はにこにこしながらふたりを見ている。離れているので、話の内容までは聞こえない。

呼びかけた男子が手を振って立ち去っていくと、残ったふたりがまた前に向かって歩き出した。

木佐貫くんが手を合わせて隣の男子に頭を下げている。彼はにっこり笑ってうなずき、木佐貫くんの肩を叩いた。仲のいい友達どうしのようだ。

木佐貫くんの友達は、さらさらの黒髪に、彼と同じようなまじめそうな風貌で、ひょろりと背が高かった。

なんの話をしているんだろう。そんなことを考えながらじっとふたりの様子を見ている自分が、かなりあやしくて不審なことにはっと気がつく。

わたしは慌ててごみ箱を抱えなおし、裏庭に向かって駆け出した。

心臓が、おかしいくらいに激しく動悸していた。

◇

それ以来わたしは、なにごともなかったように彼との手紙のやりとりをつづけながらも、校内で彼の姿を無意識のうちに探してしまうようになった。

昼休みの渡り廊下で、彼のクラスが体育の授業を受けているグラウンドで、たくさんの生徒たちが帰路につく下校時間の校門で。

でも、本当は、見つけたくなかった。

だって、彼はいつも、吉岡さんのことを探すように視線をめぐらせ、その姿を見つけると、どんなに遠くからでもまっすぐに、ひたむきに見つめていたから。

わかっていたことだ。彼が好意を寄せているのはわたしではない。かわいくて明るくて美人で、自信に満ちあふれた笑顔の吉岡さん。

わたしの心を掴んで離さないあの手紙だって、彼は、彼女のために書いているのだ。

わたしはただ彼をだまして彼女への手紙を横取りしているだけ。

最低なことをしているだけ。

◇

終業式を翌日にひかえた放課後。

だれもいなくなった教室の片隅で、わたしはぼんやりと窓の外を見つめていた。

目の前の机には、書きかけの『三分の一卒業式』の作文用紙。まだ半分近くが空白のままだった。

締め切りは明日だけれど、家に帰ったらもっと書けなくなる気がするので、なんとか今日のうちに残りを埋めて、提出してから帰りたかった。

それでもなかなか手が動かなくて、なにげなく窓の外に視線を投げる。

瞬間、胸が高鳴った。校門へと向かう道の途中に、木佐貫くんの姿を見つけてしまったのだ。

彼は今日も、いつもいっしょにいる仲良しの彼とならんで歩いている。

木佐貫くんが、ふいに首を横に向けた。その視線の先には、友達とダンスの練習をしている吉岡さん。

動きやすいようにひとつに束ねた長い髪が、降り注ぐ光の中でつややかに明るく、生き生きと揺れている。

そんな彼女の姿を、木佐貫くんは脇目もふらずにじっと見つめている。

隣の彼が、励ますように木佐貫くんの背中を叩いた。彼は笑って小突き返す。

それからふたりは、再び校門に向かって歩き出した。

一部始終を見つめていたわたしは、がたんと音を立てて立ち上がった。

埋まらないままの作文用紙をぎゅっと鞄の中に詰めこんで、荷物を抱えて、教室から飛び出す。


やっぱり、だめだ。

そんな思いが頭と心をいっぱいにしていた。

だめだ、だめだ。

こんなことしてちゃ、だめだ。

大好きな彼をあざむくようなこと、しちゃいけない。しちゃいけなかった。

わたしは大きなまちがいを犯していた。ずっとまちがっていた。

なんて罪深い人間なんだろう。

いくら彼にどうしようもなく惹かれてしまったからって、ほかのひとに向けられた手紙を読んだりしちゃいけなかった。

平気な顔で返事をしたり、手紙のやりとりをつづけたりしちゃいけなかった。

……でも、だって、自分に自信がなかったのだ。

どうせわたしなんて好きになってもらえるわけがないし、わたしがわたしだと知られたら、もう二度と彼からの優しい手紙をもらうことなんてできないとわかっていた。

だから、彼女のふりをしてしまった。

手紙だけが、わたしと彼をつないでくれるものだったから。

文通をやめたら、彼とのつながりは完全に絶たれて、二度とつながることはないとわかりきっていたから。

だから、やってしまった。

でも、こんなの、許されるわけがない。

桜だって許してくれるわけがない。

それなのに勝手に、『許された気がした』なんて思いこんで、都合よく自分に言い聞かせて、罪を犯しつづけてしまった。

本当に、最低だ。

大切な彼のことをあざむいて、かりそめの幸せにひたっていた。吉岡さんにだって迷惑をかけてしまうかもしれないのに。

自分さえよければいいという、ひととして最低の考え。

こんな自分は、だめだ、嫌だ。

——卒業しなきゃ。

わたしは、わたしから、卒業しなきゃ。

言いたいことも言えない、言うべきことも言えない、それなのにだれにも気づかれないのをいいことに許されない罪を犯している、臆病で情けなくて、卑怯でうそつきな自分から、卒業しなきゃ。

卒業したい。

変わりたい。

彼に謝ろう。ちゃんと謝ろう。

謝って、すべてを打ち明けて、そして……。


廊下を駆け抜けて、生徒玄関に飛びこんで、しゃがんで靴箱からローファーを取り出し履き替える。

それから校舎の外へ飛び出して、校門に向かって全速力で走った。

脇腹が痛くなってきたけれど、必死にこらえて足を動かしつづける。

ふたりの背中が見えてきた。

「ねえ！」

突然、呼び止められた。

驚いて足を止め、振り返る。背後に吉岡さんが立っていた。

「ちょうどよかった。これ、やっといて」

彼女がわたしに向かって突き出した手ににぎられているのは、竹ぼうきだった。

今日の体育の授業で、ずっと友達とのおしゃべりに興じていた彼女は、先生に叱られて放課後のグラウンド清掃を命じられていた。

つまり、自分の代わりにそうじをしろと言っているのだ。

わたしは呼吸を整えるために大きく肩で息をして、ゆっくりと吐き出し、それから顔を上げた。

吉岡さんの自信に満ちたきれいな顔を、真正面から見つめ返す。

「……ごめん」

あんなに深呼吸をしたのに、声は情けないくらいに小さく、そしてかすれていた。

ごくりとつばを飲みこむ。

「ごめんなさい」

もう一度、はっきりと、そう言った。

「はっ？」

彼女は聞き返すようにすこし肩をすくめ、顔をかたむけた。威圧される。

でも、わたしはすうっと深く息を吸いこみ、また口を開いた。

「無理です」

言葉が、ぽろりと唇からこぼれた。

「えっ……はあ？」

吉岡さんは目を丸くして、あ然としていた。

彼女らしくない、まるで子どもみたいにぽかんとしたその表情がおかしくて、すこし笑えてくる。

おどろいて当然だ。

今までずっと言いなりになっていたわたしが、いきなり「無理」だなんて。

彼女のような、ひと目見ただけで、自分よりも圧倒的に『上』の人間だと明らかにわかる存在に対して、こんなにきっぱりと断りの言葉を口にできるなんて、わたしだって自分で自分にびっくりしているくらいなのだ。

やればできる。そんな月並みな言葉が頭をよぎった。

そんなのうそだ、と思っていた。それまでずっとできなかったことが、やってみたらできるなんて、いきなりできるようになるなんて、あるわけない。わたしには無理だ。

ずっとそう思っていたけれど、ちがった。

口に出してしまえば、たった二文字だけの、とてもとても簡単な言葉だった。

たったこれだけのことが、どうして今までずっと言えなかったんだろう。

靴箱を交換してと言われたときも、何度かトイレそうじを交代してと頼まれたときも、ごみ当番を押しつけられたときも。

嫌だった。不公平だと思った。ちゃんと自分でやるべきでしょう、と思った。

それなのに、自分の気持ちを押し殺して、作り笑いの下に押し隠して、従順なふりをしてきた。

もう、こんなの、やめる。

わたしは変わるんだ。

そして、ちゃんと変わるためには、まだやらなくちゃいけないことがある。

吉岡さんの姿を視界から追いやって、わたしは勢いよく振り向いた。


「――木佐貫くん！」


自分でもびっくりするくらいの大声が出た。

木佐貫くんと、その友達が、ふたり同時に驚いたような顔で振り返る。

わたしは彼らに駆け寄り、肩で息をしながら、木佐貫くんに向かって頭を下げた。

「……ごめんなさい！」

今度はちゃんと、しっかりとした声を出せた。

「ごめんなさい……ずっと、だましてました……」

しいん、と静まり返る空気。

目の前の木佐貫くんも、その隣に立ち尽くしている友達の彼も、周囲にいたたくさんの生徒たちも、みんなが呆然としてわたしを見ているのが、気配でわかった。

わたしはそろそろと顔を上げて、木佐貫くんを見る。

彼は目をまんまるに見開いて、硬直したようにわたしを見ていた。それからゆっくりと首をかしげる。

そうか、彼はわたしの顔を知らないんだ、と気がつく。

わたしは慌てて「ごめんなさい」と頭を下げ、それからつづけた。

「はじめまして……突然ごめんなさい」

おかしな言動をしているという自覚が急に膨れあがってきて、同時に顔が熱くなった。

でも、なんとか緊張と動揺をおさえこんで言葉をつづける。

「あの……あの手紙、桜の……」

スムーズに会話ができない自分がもどかしい。

「桜のポストの手紙……全部わたしが書いてました。吉岡さんへの手紙も、勝手に、読んで……勝手に返事して……ごめんなさい」

言いながら、声が震えてくる。

「本当に……ごめんなさい。ずっと、うそをついてました……」

ああ、もう、終わりだ。絶対に、嫌われる。

こんな最低なことをしてしまったわたしを、まじめで優しくて誠実な彼は、きっと心の底から軽蔑するだろう。

泣きたい気持ちを必死におさえていると。

「……桜のポストの、手紙？　……ごめん、なんの話？」

木佐貫くんが困ったようにすこし微笑みながら首をかしげた。まるで不可解な言動をする子どもを前にして戸惑っているかのような表情。

「……へ？」

思わずまぬけな声を上げてしまってから、はっと気づく。

もしかして、うそをついていたわたしに怒って、手紙のやりとりをしていたという事実さえ、なかったことにしたいとか。

そう考えた瞬間、目の奥のほうがぎゅうっと痛くなって、目頭が熱くなった。

やばい、泣いちゃいそう。ぐっと唇を噛んでこらえる。

とにかく、謝ろう。許してもらえるかはわからないけど、せめて彼の怒りがおさまるまでは、何度でも謝ろう。

「ごめんなさい……うそをついて、だまして、ごめんなさい」

また深々と頭を下げたわたしに、さらに困ったような声で木佐貫くんが言った。

「ええと……ごめん、本当にわからない、です」

彼はどうしたものかというように頭をかいている。

「だれかにだまされた覚えなんて、俺にはないんだけど……」

「……え?」

「もうしわけないけど、ひとちがい……じゃないかな?」

――ひとちがい?

わたしは腰を折ったまま首をかしげる。

でも、すぐに思いなおした。ひとちがいなわけがない。

わたしはたしかに木佐貫くんというひとと手紙のやりとりをしていて、さっき木佐貫くんと呼びかけたら反応した。

「木佐貫くん、ですよね?」

念のため、たしかめるようにたずねると、

「そうだけど……」

と彼はどこか途方に暮れたような表情でうなずいた。

ああ、やっぱり、わたしのことなんて、なかったことにしたいってことかな。

言葉もなく木佐貫くんを見つめていたとき、突然横から「ごめん！」という声がした。

わたしはおどろいて、反射的にそちらに目を向ける。

木佐貫くんの友達の彼が、わたしをまっすぐに見つめていた。

吸いこまれそうなくらいに、まっさらに澄んだ眼差し。

色の薄い瞳が、陽射しを受けて琥珀色に輝いて、こんなときなのに、うわあ、宝石みたい、きれい、と場ちがいなことを考えてしまう。

「ごめん、俺のせいだ」

そう言って彼がわたしに頭を下げる。

わけがわからず、ぼんやりと見つめ返していたら、彼は木佐貫くんに目を向けた。

「ごめん木佐貫、詳しいことは今度、説明するから」

「あ、うん……」

きょとんと目を見開いている木佐貫くんに、彼はもうしわけなさそうな、でもなぜかすこし焦ったような表情でつづける。

「俺、たぶん今日は行けないから、ごめん。みんなにもごめんって伝えといてくれると助かる。よろしく。じゃあ」

彼は早口にそう言って、木佐貫くんに小さく手を振った。

戸惑いながらも「わかった」とうなずき、手を振り返して校門に向かう木佐貫くんを、わたしと彼は肩を並べて見送る。

それから彼は、ゆっくりとわたしに向き直った。

「はじめまして」

おだやかな、でもすこし情けなさそうな微笑みを浮かべて、彼はそう言った。

淡い茶色に透きとおる双眸が、わたしのまぬけな顔を映している。

「――ちょっと、時間、いい？」

わたしはわけもわからず混乱したまま、無意識にうなずいた。

◇

「本当に……ごめん」

目の前の彼は、もうしわけなさそうに眉根を寄せて、ていねいな口調でわたしに謝った。

見知らぬ彼からなぜ謝られているのか理解できなくて、わたしは反射的に答える。

「そんな、謝らないで……顔、上げてください」

彼が眉を下げて微笑む。優しい顔だな、と思った。

頭上で梢の揺れる音がする。

わたしたちは今、校門の桜の木の下にいた。

さあっと風が吹き、ひとつ、ふたつ、花びらが舞い落ちてくる。

「あのさ……俺なんだ」

ぽつりと彼が言った。

なんのことかわからず、わたしは言葉のつづきを待って彼を見つめる。

「手紙書いてたの、俺なんだ」

「え……っ、え?」

予想もしていなかった言葉に、わたしは目を見開いた。

彼はさらさらの髪をくしゃりとかきまぜるようにしながら、ぽつぽつと話をつづける。

「ずっと、うそついてて、ごめん……」

本当に心からもうしわけなさそうな表情と声音だった。

「あの、どういう……」

飲みこみの悪いわたしは、彼の言葉の意味をすぐには理解できない。

彼は「ひとつずつ説明するね」と力なく笑った。

「最初の一通目の手紙……靴箱に入れておいた手紙だけは、木佐貫に頼まれて、俺が代筆したんだ。あいつ、字が下手だからとか言って気にしてて、告白するならきれいな字のほうがいいから頼むって言われて」

「うん……」

わたしはこくりとうなずいた。

あのていねいにていねいにつづられた繊細できれいな文字は、今わたしの目の前にいる彼の字だった。それは、とてもしっくりくる気がした。

彼はわたしに小さくうなずき返してくれて、また口を開く。

「でも、あいつに頼まれて書いたのは、最初の『一目惚れしました』っていう手紙だけ。あとの手紙……桜のポストに入れてた手紙は、あいつにも黙って、俺が書いてた」

わたしはあ然として彼を見上げる。

真っ黒な髪が、さらさらと風に揺れていた。きれいな形の大きな目が、じっとわたしを見つめ返している。

「なんで……そんなこと」

思わずたずねると、彼は一瞬視線を落とし、それからまたまっすぐにわたしを見つめ、ゆっくりと瞬きをした。

澄みきった、とてもきれいな瞳。わたしは思わず見とれてしまう。

「好きに……なったから」

彼はそう、囁くように言った。

「……………え？」

聞きまちがいかと思って、わたしはゆっくりと大きく首をかしげて問い返した。

すると彼は、小さな笑い声を上げた。

「君のこと、好きになったから。だから、せめて手紙だけでもつながっていたくて」

「……………えっ？」

どうやら聞きまちがいではなかったらしいとわかり、ぽろりとこぼれたわたしの声は裏返った。

好き、なんて言葉を言われたのは、生まれてはじめてだった。

自分に向けられた言葉なのだと理解したとたんに、心臓がばくばくと暴れ出して、顔が火照ってくるのを自覚する。

でも、次の瞬間には冷静になった。

さあっと全身の血の気が引き、いっきに体温が下がっていく感じがする。まるで頭から氷水をかけられたように。

かんちがいしたらいけない。彼が『好きになった』というのは、吉岡さんのことだ。危なかった。自分に都合のいいように思いちがいをしてしまうところだった。

わたしは一度目を閉じて、ふうっと息を吐き出し、口を開く。

「……ごめんなさい」

深く頭を下げる。

「わたし、吉岡さんじゃないの」

うつむいたまま絞り出すように言って、細く息を吐き出してから、唇を噛んで顔を上げる。

彼はきょとんとしたように目を見開いていた。

ああ、びっくりしてる。

やっぱり、そうなんだ。わたしが吉岡さんじゃないってこと……。

「………え？　うん、知ってるよ」

今度はわたしが「え？」と首をかしげる番だった。

「俺、吉岡さんのこと、前から知ってるし」

「え……、え？」

わたしは口を閉じることも瞬きをすることも忘れ、ぽかんと彼を見つめる。

彼はふふっと笑った。優しい顔立ちが、さらにやわらかくなる。

「木佐貫が吉岡さんを見るから、俺も自然と顔を覚えて」

「……えっ、と、じゃあ……」

彼が優しげに目を細めて、わたしにうなずきかける。

「俺が好きになったのは、君だよ」

ほっそりと長い指が、ひかえめにわたしを指し示した。

「きれいな写真を添えて、ていねいな手紙を送ってくれた、君」

言葉が出なかった。意味もなく口を開いたり閉じたりしてしまう。

その間もずっと、彼の澄んだ眼差しがわたしをふんわりと包みこんでくれていた。

「木佐貫はあの日、俺に代筆を頼んで吉岡さんにラブレターを送ったんだけど、結局、『でもやっぱり告白は直接すべきだよな』って言って、その日のうちに吉岡さんを呼び出して、あらためて告白したんだ」

「そう、だったんだ……」

ぜんぜん知らなかった。まさかそんなことになっていたなんて。

「残念ながらふられちゃったんだけど。でもあいつはまだ未練があるみたいで、チャンスがあればまた告白するつもりらしい」

この数日でわたしも気がついた、今でもいつだって吉岡さんのことをひたむきに目で追っている木佐貫くんの姿が目に浮かぶ。

木佐貫くんは、本当に本当に彼女のことが好きなんだなあ、と思う。

「で、木佐貫がふられちゃったし、手紙のことはもう終わりだなって思ってたんだけど。ラブレターを入れた次の日の朝、なにげなく桜の木を見てみたんだ。俺ひとりで」

「……」

「そしたら、手紙があったから……驚いた」

かあっと頬が熱くなる。

「それで、どういうことだろうって思いながら、とりあえず中を見てみたら」

彼はやわらかく微笑みながらわたしを見る。

「君からの手紙だった」

一度落ち着いたはずの鼓動が、また高鳴ってくる。

「吉岡さんが書いたんじゃないのはすぐにわかったよ。内容が、前日に木佐貫をふった女の子のものとは思えなかったから」

「……あ、」

わたしは反射的に「ごめんなさい」と謝った。

本当に顔から火が出そうに熱い。

吉岡さんのふりをして手紙の返事を書いたと思っていた。まさか、最初から、彼女が送り主ではないと知られていたなんて。恥ずかしすぎる。

「だから、おかしいなと思いながら玄関に行ったら、吉岡さんの場所だと思ってた、ラブレターを入れた靴箱からうわばきを取り出してる君を見つけた。それでやっと、木佐貫の手紙、ちがうひとに送っちゃったって気がついたんだ」

想像も及ばなかった展開についていくのがやっとで、わたしは黙って話を聞いていることしかできなかった。

「それで、君に真実を打ち明けて終わりにしようと思ったんだけど……君の手紙が、あんまりすてきだったから、それで終わりにするのが惜しくなって」

風が吹いて、彼の前髪をさらりと揺らしていく。きれいな瞳が一瞬かくれて、また現れる。

「君のこと、もっと知りたくなって。だから、なにも知らないふりをして、俺が返事を書いちゃったんだ」

ごめん、と彼が深く頭を下げた。わたしは思わず慌てて「やめて」と声を上げたけれど、彼は「本当にごめん」と低く繰り返す。

きっと彼もわたしと同じように、消せない罪悪感を抱えながら手紙を書いていたんだろうな、と思った。

「君をだましてるのはもうしわけないと思ったけど、でも、君との文通がすごく、本当に楽しくて……なかなか打ち明ける覚悟が決まらなかった」

うん、とわたしは小さく相づちをうった。

その気持ちは、わかる。すごくわかる。

わたしもずっと、おんなじ気持ちだった。

「手紙をもらうたびに、どんどん君のこと好きになっちゃって、もし俺は木佐貫じゃないって知られたらどう思われるだろう、きっと軽蔑されるだろうな、でも嫌われたくない……って考えちゃって……。だから、すこしでも長引かせたくて、なかなか本当のこと言えなかった」

わたしはこくりとうなずいた。

「わたしも……」

囁くように言う。

「わたしも、手紙をやりとりするうちに、どんどん惹かれていって……。ううん、最初の手紙を見たときから、すてきだなって思って、ずっと惹かれてて。手紙を書いてくれてるひとは吉岡さんだと思ってるんだって、吉岡さんのことが好きなんだってわかってるのに、好きになっちゃって……」

声が震えた。

「だましてることになるって思いながらも、もし吉岡さんじゃないってわかったら手紙をつづけられなくなっちゃうって思って……」

喜びにまじる不安の影におびえて、葛藤しながら手紙のやりとりをしていたことを思い出し、どうしても情けない声になってしまう。

彼が「ごめん」と小さくつぶやいた。

「俺、自分のことで頭がいっぱいだった。君からの手紙がうれしくて、文通できることが楽しくて、君の気持ちはぜんぜん考えてなかった」

わたしは瞬きしながら彼を見つめる。

「つらい思いさせて、ごめん。もっと早く言えばよかった」

彼も、すこし困ったような表情で、でも目を逸らすことなくまっすぐにわたしを見つめてくれている。

「手紙を書いてるのは木佐貫じゃなくて俺で、君が吉岡さんじゃないって俺はもう知ってて、そして、俺が好きなのは君だってこと」

うれしいのに、なぜだか泣けてきて、視界が滲んできた。

わたしはハンカチを取り出そうと、制服のポケットに手を差し入れる。

その拍子に、なにかがひらりと地面に落ちていった。

「あ、大丈夫?」

彼がさっと身をかがめて、それを拾ってくれる。

「あ……、えっと」

すごくありがたいし、優しくて感動するのだけれど、でも、これを見られるのは、顔から火が出るほど恥ずかしかった。

「あ、これ」

拾い上げたそれを見た彼が、うれしそうに声を上げる。

しおりだった。彼がいちばん最初に贈ってくれた桜の花びらを押し花にして、桜色の紙といっしょにラミネートしたしおり。

「本当に取っててくれたんだ。うれしい。がんばってきれいな花びら選んでよかった」

心からうれしそうに、顔をくしゃくしゃにして笑う彼。

手紙のやりとりをしながら思い浮かべていた笑顔と、まったく同じだった。

おだやかで、優しくて、ひかえめで。

わたしは、彼が、好きだ。

噛みしめるように、そう実感する。

「ばかだよなあ、俺たち」

彼がくすくすと笑った。わたしもつられてふふっと笑う。

やわらかい眼差しに、また包まれた。一度は落ち着いた鼓動が、また高鳴る。

「お互い他人のふりして、相手にうそついてる、だましてるって思いながら、ずっと手紙を交換してたなんて」

「ほんとだね……」

「まぬけだよな」

「うん……びっくりした」

彼がゆっくりと頭上の桜へと目を向けたので、わたしはその視線を追う。

明るい笑顔で春空を彩る桜の花を見つめながら、彼が言った。

「でもさ……俺、思うんだ」

「俺たちは、どっちもうそつきだったけど」

「……うん」

ときどき降ってくる花びらが、まるで雪のようだった。

「でも、手紙の中には、真実だけがあった」

隣にならんで彼を見上げると、優しい微笑みに包まれた。

「俺は、手紙の中の君の、ていねいさとか、繊細さとか、すごく優しい写真を撮るところを好きになったんだ。それって、君の心がそのまま表われたものだろ？　だから、俺は、君の心そのものを好きになったんだよ」

わたしは頬の火照りを感じながら大きくうなずき、「わたしも」と答えた。

「顔も声も知らなくても、あなたのことを好きになったの。ていねいな字とか、優しい言葉づかいとか、すてきな贈り物を見つけて手紙に添えてくれるところとか、そういうところを好きになったの」

彼は照れたように「ありがとう」と笑った。

「じゃあ、俺たち、両想い、ってことか」

その言葉があまりにも気恥ずかしくて、すこしうつむく。

両想いなんて言葉、一生自分には無縁のものだと思っていたのに。

すると彼は小さく笑って、「こっち向いてよ」と言った。

「まずは、お互いの名前から教えあおうか」

「あ……そっか」

名前も知らずにお互いに好きになったのだと思うとおかしくて、わたしは笑った。

彼も笑った。

ふたりぶんの笑い声が、花びらといっしょに風にのって、空へと舞い上がる。

そのとき、自転車の集団が真横をすり抜けていった。彼がかばうようにわたしの背中のあたりにさっと手を上げてくれて、触れあってもいないのに、わたしの頬はまた熱くなる。

「……ここで話してると邪魔になっちゃうかな」

恥ずかしさをごまかすように言うと、彼は微笑んで「そうだね」とうなずいた。

「とりあえず、出ようか」

そう言った彼が、ちらりとわたしを見る。

「いっしょに……帰る？」

照れくさそうな顔で彼はたずねてきた。

「……はい、もちろん」

わたしはどきどきしながらうなずく。

こんな幸せが自分の身に降りかかるなんて、ついさっきまでは思いも寄らなかった。

打ち明けてしまえばすべてが終わりだと覚悟していたのに。

こんな不思議な、奇跡みたいなことってあるんだ。

手紙が、わたしたちをつないでくれた。

うそからはじまった手紙だったけれど、でも、その中には、たしかに真実が詰まっていた。

そして、あの手紙がなければきっと出会わなかったはずのわたしたちが、こうして出会った。

校門から足を踏み出しながら、振り返って桜を見上げる。

あのとき、勇気を出してよかった。

まちがったことをしてしまったけれど、でも、勇気をふりしぼって返事を書いて、この桜に託して、本当によかった。

もう二度と、自分の心にうそはつかない。

わたしたちの、うそも、真実も、なにもかも包みこむように、桜の花は静かに風に揺れていた。

END

「卒業」、お別れの寂しさと旅立ちの喜びという
反対方向への感情が共存しているふしぎな言葉ですよね。
卒業を共通テーマにしたアンソロジーへのお誘いをいただいたとき、
どんなお話がいいかな……としばらく悩みました。
きっとこの一冊を手にとってくださる方々には、タイトルである「卒業」という
言葉に対して、それぞれのイメージや思い入れがあることでしょう。
みなさまが読みたいのはどのような物語なのか。
それは新しい世界への期待や喜びという晴々しい気持ちだったり、
あるいはこれまでの世界への未練や寂しさという沈んだ気持ちだったり、
その両方だったりするかもしれません。
いずれにせよ、読んでくださった方が、何らかの物事や感情に対して

ひと区切りつけて、気持ちを新たにすることができるような、
そんなお話になったらいいなと思いつつ筆をとりました。
この一冊には それぞれの作者様が それぞれの作風で、
いろいろな形の「卒業」をえがいていらっしゃいます。
寂しい卒業も、嬉しい卒業も、
どんな「卒業」にも かならず過去があります。
だからこそ、卒業にいたるまでの自分、過去の自分のことを、
まっすぐ認めて、まるごと受け入れて、
思いっきり褒めてあげてほしいなと願っております。
ご卒業おめでとうございます！

汐見夏衛

〈各先生への
ファンレター宛先〉

〒104-0031
東京都中央区京橋1-3-1
八重洲口大栄ビル7F
スターツ出版（株）書籍編集部気付

汐見夏衛先生
丸井とまと先生
河野美姫先生
水葉直人先生

この物語はフィクションです。
実在の人物、団体等とは一切関係がありません。

卒業

桜舞う春に、また君と

2025年3月07日　初版第1刷発行

著　者

汐見夏衛 ©Natsue Shiomi 2025

丸井とまと ©Tomato Marui 2025

河野美姫 ©Miki Kawano 2025

水葉直人 ©Naoto Mizuha 2025

発行者

菊地修一

発行所

スターツ出版株式会社

〒104-0031
東京都中央区京橋1-3-1　八重洲口大栄ビル7F
TEL　03-6202-0386（出版マーケティンググループ）
TEL　050-5538-5679（書店様向けご注文専用ダイヤル）
URL　https://starts-pub.jp/

印刷所

大日本印刷株式会社

Printed in Japan
ISBN　978-4-8137-9437-0　C0095

※乱丁・落丁などの不良品はお取り替えいたします。
上記出版マーケティンググループまでお問い合わせください。
※本書を無断で複写することは、著作権法により禁じられています。
※定価はカバーに記載されています。

映画大ヒット!!

親や学校、すべてにイライラした毎日を送る中２の百合。母親とケンカをして家を飛び出し、目をさますとそこは70年前、戦時中の日本だった。偶然通りかかった彰に助けられ、彼と過ごす日々の中、百合は彰の誠実さと優しさに惹かれていく。しかし、彼は特攻隊員で、ほどなく命を懸けて戦地に飛び立つ運命だった――。のちに百合は、期せずして彰の本当の想いを知る…。涙なくしては読めない、怒濤のラストは圧巻！

イラスト/pomodorosa　ISBN 978-4-8137-0130-9

スターツ出版文庫

2023年 映画化!!

汐《しお》見《み》夏《なつ》衛《え》／著

定価：770円（本体700円＋税10%）

夜が明けたら、いちばんに君に会いにいく

文庫版限定ストーリー収録！

私の世界を変えてくれたのは、大嫌いな君でした。

高２の茜は、誰からも信頼される優等生。しかし、隣の席の青磁にだけは「嫌いだ」と言われてしまう。茜とは正反対に、自分の気持ちをはっきり言う青磁のことが苦手だったが、茜を救ってくれたのは、そんな彼だった。「言いたいことがあるなら言っていいんだ。俺が聞いててやる」実は茜には優等生を演じる理由があった。そして彼もまた、ある秘密を抱えていて…。青磁の秘密と、タイトルの意味を知るとき、温かな涙があふれる──。

イラスト/ナナカワ　ISBN:978-4-8137-0910-7

スターツ出版文庫

映画化 2025年 公開

第5回 野いちご大賞 大賞受賞作

――壊れそうな私を、
君が救ってくれた。

青春ゲシュタルト崩壊

丸井《まるい》とまと・著

定価：814円
（本体740円＋税10%）

文庫版限定
書き下ろし
番外編収録！

朝葉は勉強も部活も要領よくこなす優等生。部員の仲を取りもつ毎日を過ごすうちに、本音を飲み込むことに慣れ、自分の意見を見失っていた。そんなある日、朝葉は自分の顔が見えなくなる「青年期失顔症」を発症し、それを同級生の聖に知られてしまう。いつも自分の考えをはっきり言う聖に、周りに合わせてばかりの自分は軽蔑されるはず、と身構える朝葉。でも彼は、「疲れたら休んでもいいんじゃねぇの」と朝葉を学校から連れ出してくれた。聖の隣で笑顔を取り戻した朝葉は、自分の本当の気持ちを見つけはじめる――。

イラスト／凪

ISBN: 978-4-8137-1486-6

スターツ出版文庫

スターツ出版人気の単行本！

『恋とか愛とか、幸せとか。』

メンヘラ大学生《だいがくせい》・著

理由も根拠もないけど、君の片想いは絶対実ると思うし、泣いてばかりだった恋もいつかは報われると思うし、諦めた恋の痛みも想い出に変わってくれると思う。そうやって根拠のない大丈夫を自分に言い聞かせる夜があってもいいと思う。大丈夫、明日もなんとかなる。

ISBN978-4-8137-9425-7　定価：1650円（本体1500円＋税10％）

『そのエピローグに私はいない』

小桜《こざくら》菜《な》々《な》・著

6年間付き合った元彼を忘れられないりりあ、友達以上になれないとわかっていても彼を一途に思い続ける茉白、浮気した彼女を許せずやり返してしまった葵。私は可哀そうなんかじゃない——自分自身の幸せを探す全ての女子に贈る、共感必至の恋愛短編集。

ISBN978-4-8137-9424-0　定価：1485円（本体1350円＋税10％）

『この関係には名前がない』

ねじまきねずみ・著

“結婚”がしっくりこない長年付き合った20代後半の男女/不倫中の26歳女性と女子高生/ベランダの仕切り板越しに乾杯する隣人…。友達か、恋人か、夫婦か、それとも——この関係に名前は必要？

ISBN978-4-8137-9414-1　定価：1595円（本体1450円＋税10％）

『世界の色をすべて君に』

くじら・著

自分にも世界にも絶望していた。「君さ、どうせ暇でしょ」君はいつも笑っていた。「ずっとそばにいて私の世界に色をつけて」だから、“そのこと“には気づかなかった。「ねえ、世界は何色？」今、僕にできることは——。たった1年、でも永遠に忘れない君との恋。

ISBN978-4-8137-9413-4　定価：1595円（本体1450円＋税10％）

書店店頭にご希望の本がない場合は、書店にてご注文いただけます。

スターツ出版人気の単行本！

『ワンナイトラブストーリー　一瞬で永遠の恋だった』

君との時間は一瞬で、君との恋は永遠だった──。切なく忘れられない恋の物語。【全11作品著者】ねじまきねずみ／りた。／小原 燈／メンヘラ大学生／綴音夜月／椎名つぼみ／小桜菜々／音はつき／青山永子／蜃気羊／冬野夜空

ISBN978-4-8137-9405-9　定価：1650円（本体1500円＋税10％）

『恋のありがち～思わせぶりマジやめろ～』

青春《せいしゅん》bot・著

待望の第2弾！続々重版の大ヒットシリーズ！イラスト×恋のあるあるに3秒で共感。共感の声も続々‼「今の私紹介されてる？笑　すぐ読めるのに、めっちゃ刺さる…。」（まぴさん）「読書しないけど、これは好き。自分すぎて笑ってしまう…。」（HKさん）「マジで全部共感。恋って諦めたくても諦められない。」（nyanさん）

ISBN978-4-8137-9404-2　定価：1540円（本体1400円＋税10％）

『超新釈　エモ恋万葉集』

蜃気羊《しんきよう》・著

令和語のエモい超訳×イラスト集。＜以下、本文より＞恋心って、永遠だと思います。その証拠が万葉集なんだって、最近、気が付きました。恋に傷ついたり、ときめいたり、誰かに愛し愛され、そして恋に救われる──。それは、1000年以上前にも、今と変わらずに存在した想い。エモく、美しい、キラキラした瞬間。

ISBN978-4-8137-9391-5　定価：1650円（本体1500円＋税10％）

『明日、君が死ぬことを僕だけが知っていた』

加賀美真也《かがみしんや》・著

事故がきっかけで予知夢を見るようになった公平は、自身の夢が叶わない未来を知り無気力な人間となっていた。そんなある日、彼はクラスの人気者・愛梨が死ぬという未来を見てしまう。いずれいなくなる彼女に心を開いてはいけないと自分に言い聞かせる公平。そんな時、愛梨が死亡するという予知を本人に知られてしまい…。

ISBN978-4-8137-9390-8　定価：1595円（本体1450円＋税10％）

書店店頭にご希望の本がない場合は、書店にてご注文いただけます。